Adrian Plass

Die theatralischen Tonbänder des Leonard Thynn

Adrian Plass

Die theatralischen Tonbänder des Leonard Thynn

Aus dem Englischen von
Andreas Ebert

Brendow Buch Kunst Verlag

Die Deutsche Bibliothek – CIP-Einheitsaufnahme

Plass, Adrian:
Die theatralischen Tonbänder des Leonard Thynn / Adrian
Plass. Aus dem Engl. von Andreas Ebert. [Ill.: Dan Donovan].
– Moers : Brendow, 1993
(Edition C : C ; 375)
Einheitssacht.: The theatrical tapes of Leonard Thynn <dt.>
ISBN 3-87067-508-X
NE: Edition C / C

ISBN 3-87067-508-X
Edition C, Reihe C 375

Original: The theatrical tapes of Leonard Thynn.
First published in Great Britain in 1989 by Marshall Pickering.

Illustrationen: Dan Donovan
Einbandgestaltung: Kommunikationsdesign Heidenreich,
Haltern am See.
Grafik: Thomas Georg
Printed in Germany

Inhalt

Ein Brief an die Leser		7
EINS	Wie alles anfing ... und beinahe endete	11
ZWEI	Rauch in unseren Augen	42
DREI	Eine Giraffe namens Mr. Major	72
VIER	Regie bei „Gandhi“ wäre leichter ...	83
FÜNF	Ein ahnungsloser Engel	94
SECHS	Anne vollbringt das Kunststück	110
SIEBEN	Ente gut – alles gut	127

Dieses Buch ist Matthew, Joseph, David und Katy gewidmet,
die die miese Laune ihres Vaters ertragen,
die sich einzustellen pflegt,
sobald er versucht, witzige Sachen zu schreiben.

Liebe Leserin, lieber Leser,

manchmal wünsche ich, ich hätte nie Andromedas Briefe gesammelt und herausgegeben. Du würdest nicht glauben, wie viele Leute aus der Gemeinde seither „beiläufig“ erwähnt haben, daß sie schon immer gedacht hätten, ihr Leben enthielte den Stoff für ein gutes Buch.

Vernon Rawlings beispielsweise, der eine Baracke in der Waffenstillstandsstraße bewohnt und seine geistlichen Berufungen wechselt wie andere Leute die Strümpfe, trug mir den bescheidenen Vorschlag an, ich solle seine Biographie verfassen und ihr den Titel geben: „Der Wundermann – Die Vernon Rawlings Story“. Er meinte, es sei gut, wenn der Cover-Designer seinen Namen so gestalten würde, als sei er aus massivem Felsgestein gemeißelt. Ich sagte, ich würde darüber nachdenken, was gelogen war.

Mrs. Flushpool ließ mich gnädig wissen, daß sie bereit sei, meine Mitwirkung bei der Zusammenstellung eines „überaus bedeutenden geistlichen Werkes“ zu akzeptieren, das „Wie man die Sümpfe des Fleisches überquert“ oder „Der Natur entkommen“ heißen sollte. Sie fügte hinzu, daß ihr Gemahl Stenneth längere Fußnoten beisteuern würde, da er seit seiner „Genesung“ zu denen gehöre, die nie wieder vom Morast verschlungen worden sind.

Dieses Ansinnen war nicht attraktiver als George Farmers Angebot, Material für ein Handbuch für Gottesdienst-Leiter zusammenzutragen, das den Titel tragen sollte: „Spontaner Gottesdienst. Wie man ihn so organisiert, daß er Woche für Woche genauso abläuft.“

Wesentlich konstruktiver erschien mir eine Idee, die Gloria Marsh vorbrachte, eine attraktive Witwe, die gelegentlich unseren Hauskreis besucht. Gloria saß eines Abends in meiner Nähe auf dem Sofa und sagte, sie sei gerade dabei, ihre alten Tagebücher und Briefe zu sichten und überlege, ob nicht einiges davon es verdiene, veröffentlicht zu werden. Sie fragte, ob ich nicht Lust hätte, ein paar Abende lang bei ihr vorbeizukommen und mit ihr gemeinsam die Fragmente durchzuforsten, ob etwas dabei ist, was mir gefällt. Anne, die durch die Durchreiche gelauscht haben muß, schlug die Einladung stellvertretend für mich ziemlich abrupt aus. Mir schien ihr Verhalten etwas arrogant und wenig biblisch zu sein. Nachdem alle weg waren, fragte ich Anne, was daran falsch sei, einer einsamen Seele ein wenig Trost zu spenden. Sie sagte: „Es ist nicht ihre *Seele*, über die ich mir Sorgen mache ..." Na ja gut, vielleicht hat sie recht. Sie hat meistens recht.

Richard Cook kam eines Abends auf Besuch und sagte, es wäre seiner Meinung nach wichtig, christliche Zeitschriften zu produzieren, die den Kampf gegen den schädlichen Einfluß jener Nackt-Magazine aufnehmen könnten, die man am Kiosk aushängen sehen kann (wenn man hinguckt, was er nicht tut). Gerald wurde plötzlich quicklebendig. „Ja", sagte er, „recht hast du, Richard. Wir könnten unsere eigenen Magazine publizieren!"

„Wie würden die heißen?" fragte Richard völlig belämmert und tappte dabei wie üblich in die Falle.

„Na ja, eins könnte man *Prayboy* nennen", sagte Gerald ernst.

Richard sperrte den Mund in Golfballgröße auf.

„Und dann hätten wir da noch die *Neue Reu-Vue*", fuhr Gerald fort. „Und wie wär's mit *Repenthouse?*"

Richard hätte beinahe eines Wiederbelebungskusses bedurft, um ins Land der Lebenden zurückzukehren. Ich weiß nicht, was Gerald ohne Richard als Objekt der Satire anfangen würde.

Richards Sohn Charles schrieb mir aus der Bibelschule „Tiefe Freude", um mir vorzuschlagen, ihm bei einem Buch zu helfen, das zu schreiben er sich gedrängt fühle und das das Gesicht christlicher Evangelisation, wie wir sie kennen, radikal verändern würde. Der Titel sollte lauten: „Wie wir das weitersagen können, was uns von Dem anvertraut ist, Der da wünscht, daß wir das, was wir durch das mächtige Wirken Seines ewigen Willens empfangen haben, in der Sprache des gemeinen Mannes auf der Straße mitteilen, von einem, der bevollmächtigt wurde, ein offenes Bekenntnis des Glaubens abzulegen vor jenen, die Ohren haben zu hören."

„Welch eingängiger kleiner Titel", sagte Gerald, als er ihn sah.

Auch von Percy Brain kam die Bitte, etwas zu lesen, was er als „Lawrencianische Kurzgeschichte" klassifizierte, die von der Tante des besten Freundes des Neffen seiner Kusine zweiten Grades mit stumpfem Stift auf mehrere Blatt Butterbrotpapier gekritzelt worden sei. Percy sagte, er wolle, daß ich in meinem Urteil absolut unbestechlich bin, da die Tante des besten Freundes des Neffen seiner Kusine zweiten Grades auf gute konstruktive Kritik Wert lege anstatt auf eitle Bauchpinselei. Soweit ich das Geschreibsel entziffern konnte, handelte die Geschichte von einer Gruppe äußerst merkwürdiger Leute, die während einer Seereise auf einem Liniendampfer lauter unerklärliches Zeug zueinander sagen. In der Story wimmelte es von Redewendungen wie: „Sie war zutiefst neugierig im Blick auf ihre Leber ..." Oder: „Sie stürzte an seine Brust ..." Am Ende der Geschichte fielen die fünf Hauptpersonen alle gleichzeitig ins Meer und fanden in einem feucht-fröhlichen Akt des Ertrinkens zu sich selbst. Als ich vorsichtig anmerkte, die Tante müßte womöglich noch hie und da ein bißchen am Manuskript feilen, bevor es druckreif wäre, ließ er die Katze aus dem Sack, daß in Wirklichkeit *er* der Autor sei. Er sagte, wenn er gewußt hätte, daß er von einem eifersüchtigen sogenannten Autoren-Kollegen derart gehässig niedergemacht würde, hätte er mir nie erlaubt, einen Blick auf das zu werfen, was einer seiner engsten und vorurteilslosesten Freunde als „einen modernen Klassiker" bezeichnet hätte. Die nächsten 14 Tage verweigerte er jedwede Kommunikation mit mir.

Es kam mir gewiß nie in den Sinn, daß Leonard Thynn etwas Veröffentlichungswürdiges haben könnte. Das einzige, was ich ihn je habe lesen sehen (außer der Bibel auf Gemeinderüstzeiten – jeder liest auf Gemeinderüstzeiten die Bibel), war der „Kneipenführer“. Dann lud er eines Abends vor einigen Monaten Anne, Gerald und mich zu sich ein, damit wir uns ein paar Tonbänder anhören, die er aufgenommen hat. Ich hatte ganz vergessen, daß er die meisten Treffen und Proben im Vorfeld des christlichen Theaterfestivals mitgeschnitten hat, an dem sich unsere Gemeinde im vorigen Jahr beteiligt hat. Er hat sogar die Aufführung selbst aufgenommen, was besonders interessant ist, da . . . na ja, du wirst selbst sehen, wenn du weiterliest. Ich war der Regisseur unserer „Darbietung“, und das war ein derart aufreibendes Unternehmen, daß ich kaum merkte, daß Thynns Teufelsmaschine ständig mitlief.

Jedenfalls überredeten mich Gerald und Anne nach dem Abhören all der Bänder, daß dies etwas sei, was der Welt mitgeteilt werden müsse. Ich war mir da nicht ganz so sicher, nicht zuletzt, weil ich selbst nicht immer im vorteilhaftesten Licht erscheine. Thynn war aber so begeistert, und Gerald und Anne waren sich so sicher, daß dies anderen kirchlichen Theatergruppen zugute kommen würde („auf negative Weise“, was immer das heißen soll), daß ich aufgab und zustimmte, die Bänder abzuschreiben und herauszugeben. Ich hoffe, es war eine gute Idee . . .

Mit aufrichtigen Grüßen

Adrian Plass.

EINS

Wie alles anfing . . . und beinahe endete

Nachdem eines Sonntags während des Gottesdienstes angekündigt worden war, daß wir beim lokalen christlichen Theaterfestival mitmachen wollen, sollte das erste Treffen der Ideensammlung dienen. Alle waren eingeladen, und da kostenlose Erfrischungen gereicht werden sollten, erschienen immerhin 13 Leute. Edwin, unser Pastor, schlug vor, daß ich den Vorsitz übernehme.

(Das Band beginnt mit einer Abfolge von Knacklauten und Flüchen, da Thynns Spatzenhirn mit der Komplexität einer Taste ringt, auf der in großen roten Buchstaben steht „AUFNAHME: DRÜCKEN")

ADRIAN PLASS (A. P.) Also, am besten wir fangen gleich an. Wir sind heute abend hier, um zu diskutieren, wie . . .

THYNN *(unterbrechend)* Wart' mal 'ne Sekunde! Ich glaube nicht, daß es aufnimmt. *(weiteres Krachen und Zischen)* Doch, es nimmt auf. Tut mir leid! Mach weiter.

A. P. Wir sind heute abend hier, um zu diskutieren, ob . . .

THYNN Wart' mal 'nen Moment – das kleine rote Licht ist nicht an. Ich bin ziemlich sicher, das kleine rote Licht muß an sein. Ich glaub' nicht, daß es aufnimmt. Doch! Nein, doch nicht! Wart' 'nen Moment. *(tumultartiges Krachen und Zischen und Klopfen in Verbindung mit unanständigen Wörtern aus Thynns Mund, die aber auf dem Band nicht richtig zu verstehen sind)* In Ordnung, ich mach bloß mal 'nen Test . . .

A. P. *(mit außerordentlich eindrucksvoller Geduld)* Leonard, altes Haus, wir sollten wirklich ...

THYNN *(mit schriller, unnatürlicher Stimme)* Test, Test, eins zwo drei, Test! Hier spricht Ihr tonangebender Tontechniker, der den Ton testet. Eins zwo drei, ich bin L. T., dies ist ein Tontest, der Ton wird getestet. Eins zwo ...

A. P. *(mit ein wenig weniger Geduld)* Leonard, ich glaube wirklich ...

(Geräusch des ausgeschaltet werdenden Apparates, gefolgt vom Geräusch des wiederum in Betrieb genommen werdenden Apparates)

THYNN Sieh mal einer an, es hat doch alles richtig aufgenommen. Machen wir weiter. Es ist schon spät.

A. P. *(durch die Zähne)* Wir sind heute abend versammelt, um zu diskutieren, wann ...

THYNN Könnt Ihr warten, bis ich das Band zurückgespult habe? Es hat ja keinen Sinn, wenn ...

(Deutlich herausdestillierbares Geräusch eines umfallenden Stuhls über einem Wirrwarr von Krachen und Zischen, da A. P. im Begriffe ist, Thynn zu erdrosseln. Besinnt sich im letzten Augenblick eines Besseren und flüstert ihm statt dessen ins Ohr)

A. P. *(mörderisch zischend)* Wenn du nicht endlich die Fresse hältst mit deinem dämlichen Tonbandgerät, weißt du, was ich dann mache?

THYNN *(nervös, aber neugierig)* Was?

A. P. Ich schiebe dir das Band in eins deiner Nasenlöcher rein und ziehe es aus dem anderen wieder raus.

THYNN *(nach einem Augenblick des Nachdenkens)* Faires Angebot. *(im normalen Tonfall)* Ich glaube nicht, daß es viel Sinn macht, das Band zurückzuspulen. Ich fange einfach hier mit der Aufnahme an.

(Geräusch von A. P., der seinen Stuhl aufhebt und sich wieder hinsetzt. Sehr schwache Geräusche von THYNN, der sich selbst „Bandverschwender" zumurmelt)

A. P. Also! Gut! Vielleicht können wir jetzt weitermachen. Wir sind also heute abend hier, um zu diskutieren, inwiefern ...

MRS. FLUSHPOOL *(unterbrechend)* Ich bin mir durchaus im klaren darüber, daß ich nicht der Vorsitzende dieser Versammlung bin, aber sind Sie nicht auch der Meinung, daß es unumgänglich ist, den Anbeginn eines christlichen Unterfangens wie jenes, das wir im Begriffe sind, in Angriff zu nehmen, fürbittend unter den Schutz des Blutes zu stellen?

(Verwirrtes Schweigen)

ANNE *(neben mir sitzend)* Ich denke, Mrs. Flushpool meint, wir sollten mit einem Gebet anfangen, Schatz.

A. P. Oh! Ääh ... Ja, natürlich. Ein Gebet. Also! Ääh ... Würde irgend jemand von euch so gut sein und ...?

CHARLES COOK *(am Tag zuvor von der Bibelschule „Tiefe Freude" zurückgekehrt)* Soll ich ...?

A. P. Ja. Charles, mach schon.

CHARLES Also gut, laßt uns zunächst die Sinne ein Stückweit abwenden vom Wirrwarr und der Hektik und dem Getriebe und den Sorgen des Alltags, vom Tun und Lassen, vom Hin und Her, vom Auf und Ab, von den Problemen und den Pflichten und der Reue von gestern und von den Ängsten von heute und von den Sorgen von morgen und ...

A. P. *(lautes Räuspern)*

CHARLES ... und laßt uns einfach irgendwie ein Stückweit uns fallenlassen in einen friedevollen Zustand, wo wir einfach irgendwie ein Stückweit offen sind, um einfach ein Stückweit zu empfangen und einfach ein Stückweit zu hören. Laßt uns einfach irgendwie still sein für einfach eine Minute, während wir einfach irgendwie ein Stückweit ääh ... das tun.

(Einminütiges Schweigen, währenddessen man hören kann, wie Charles leise Schluckgeräusche ausstößt, verbunden mit gelegentlichen „einfach" – und „ein Stückweit"-Lauten, die aus seinem Mund entweichen wie die Luft aus einem kleinen Loch im Fahrradschlauch)

... Wir wollen einfach ein Stückweit bitten, daß diese Sache, die wir vorhaben – ich weiß nicht mehr genau, worum es sich im einzelnen handelt –, daß sie einfach wirklich gesegnet wird in einer Weise, daß es einfach wirklich irgendwie ein Stückweit richtig ist und daß wir einfach alle wirklich ein Stückweit spüren, wie du uns einfach wirklich helfen willst, daß wir es wirklich richtig machen und daß einfach irgendwie alle, die dabei sind, wirklich ein Stückweit merken, daß du ihnen einfach wirklich zeigen willst, daß du einfach wirklich irgendwie willst, daß sie einfach wirklich die Wahrheit erkennen und einfach wirklich ein Stückweit verstehen, daß du einfach irgendwie ein Stückweit ääh ... einfach.

GERALD *(beugt sich vor und flüstert mir ins Ohr)* Wenn du ihn nicht bald stoppst, Papa, wird er irgendwie ein Stückweit drei Chorusse anstimmen und uns einfach wirklich auffordern, nach vorn zu kommen und uns zu übergeben, bevor wir überhaupt anfangen.

CHARLES Darum bitten wir dich, daß wir einfach wirklich ein Stückweit deinen Willen erkennen und einfach wirklich irgendwie ein Stück weit ermutigt werden – oh, Halleluja! *(fängt an zu singen)* Führ uns zusammen ...

A. P. *(laut)* Amen!

(Eine Salve von „Amens", angefangen vom halbherzigen Gemurmel Thynns, der immer noch an seinem Apparat herumfummelt, bis zu Vernon Rawlings' manischen Schreien: „Amen! Halleluja! Sei gepriesen, Herr! O ja, Amen, o Herr!")

A. P. *(müde)* Wir sind heute abend hier, um zu diskutieren, was unser Beitrag für das ...

ANDROMEDA VEAL (A. V.) *(mit Onkel Edwin hier)* Ich fürchte, ich finde das nicht sehr komisch.

ANNE *(erahnt meinen unmittelbar bevorstehenden Zusammenbruch)* Was findest du nicht sehr komisch, mein Schatz?

A. V. Was Mrs. Plushfool über Onkel Adrian als *den* Vorsitzenden gesagt hat.

MRS. F. *(sitzt sehr gerade da, wie ein Wasserbett, das hochkant steht)* Mein Name, Kind, ist Flushpool, nicht Plushfool ...

A. P. Mann, um Himmels willen ...

MRS. F. ... und ich bin bar jeglichen Verständnisses, wie ein bloßes Kind wie du meine Bemerkungen bezüglich des Vorsitzenden zu kommentieren haben sollte.

A. V. Deshalb habe ich ja intersektiert – insurektiert – indiskretiert – gesagt, was ich gerade gesagt habe. Er ist nicht *der* – Vorsitzende, er hat *die* Leitung!

MRS. F. Darf ich in aller Liebe bemerken, kleines Mädchen, daß nach meiner Ansicht die feministische Bewegung mit höchster Wahrscheinlichkeit unbiblisch ist? Ich selbst stehe unter der Autorität meines Gatten Stenneth. *(scharf)* Bitte bestätige das, Stenneth!

STENNETH F. Hä? O ja, meine Liebe. Absolut. Was immer du sagst ...

A. V. Und darf ich in aller Liebe sagen, Frau Slushpoof, daß Sie meinetwegen nach Personheim umziehen können oder dahin, wo der Pfeffer wächst, und ...

ANNE Es reicht, Andromeda. Du darfst nicht unverschämt werden. Bitte hör auf zu lachen, Gerald! Das ist nicht sehr hilfreich!

EDWIN *(milde)* Können wir uns als Kompromiß darauf einigen, daß wir Adrian „Vorsitz" nennen – ohne Artikel? Alle einverstanden?

(Chor zustimmenden Murmelns)

A. P. *(nur noch ein bleicher Schatten seiner selbst)* Wir treffen uns heute abend, um zu diskutieren, wer ...

THYNN Könnten wir noch mal zurückgehen zu der Stelle, wo du sagst: „Mann, um Himmels willen?" Das kleine rote Licht war nicht ...

A. P. *(steht auf und flackert mit den Augenlidern)* In Ordnung! Okay! Es reicht! Reden wir nicht über das Theater. Reden wir über Tonbänder und kleine rote Lichter und wie ich genannt werden soll, und laßt uns lange Gebete sprechen und einander in aller Liebe sagen, was wir uns sagen müssen! Laßt uns nicht tun, wozu wir hier zusammengekommen sind! Laßt uns die Zeit verplempern und dann alles essen, was da ist, und nach Hause gehen! *(Geräusch eines Körpers, der sich auf einen Stuhl fallen läßt)*

(Schweigen)

ANNE *(beschwichtigend)* Jetzt hören alle zu, Schatz.

A. P. *(leise grollend)* Wir sind heute abend zusammengekommen, um zu diskutieren, wie unser Beitrag zum lokalen christlichen Theaterfestival aussehen soll. Diese Sitzung dient der Ideensammlung, und ich werde einfach die Ideen aufschreiben, die jeder hat, und dann werden wir diskutieren, welche davon am besten geeignet ist. Das ist alles – es ist wirklich ziemlich einfach. Ganz einfach. Wirklich.

THYNN Verzeihung, Vorsitz ...

A. P. *(sehr ruhig)* Wenn es um dein Tonbandgerät geht, Leonard, werde ich an dir den Tatbestand schwerer Körperverletzung erfüllen.

THYNN Nein, nein – es ist eine Idee – für das Festival.

A. P. *(auf alles gefaßt)* Ja?

THYNN Na ja, es geht um diesen Mann, nicht? Er ist Alkoholiker, abhängig vom Saufen. Säuft die ganze Zeit. Erst sehen wir ihn, wie er zu Hause sitzt und säuft. *(fährt mit tiefer, dramatischer Stimme fort)* Er nimmt seinen Drink zu sich, dann noch einen, dann noch einen, bis die Flasche leer ist. In der nächsten Szene sehen wir ihn mit einer Flasche Wodka. Wieder säuft er ein Glas nach dem anderen. Er beklagt sein Geschick und jammert laut um Hilfe. In der dritten Szene, in der er gerade die letzten Tropfen einer Flasche Rum niedermacht, bekehrt er sich, und alles ist in Ordnung!

(Pause)

A. P. Und dürfte ich fragen, Leonard, wer deiner Meinung nach völlig selbstlos der Nüchternheit abschwören sollte, um dieses bewegende Drama darzustellen?

THYNN Na ja, ich dachte, weil es doch meine Idee war, sollte vielleicht ich ...

A. P. Das habe ich mir gedacht. Der nächste!

THYNN Aber . . .

A. P. Ich habe es aufgeschrieben. Der nächste!

PERCY BRAIN *(mit sonorer, theatralischer Stimme)* Ich gehe davon aus, daß ich den Anspruch auf größere dramaturgische Erfahrung erheben darf als die hier versammelte Gesellschaft insgesamt. Ich habe die Angelegenheit mit größter Sorgfalt bedacht, und ich weiß, was uns zu tun obliegt. Es muß ein Epos sein! Die gesamte biblische Geschichte wird auf den Brettern entrollt werden, die die Welt bedeuten. In prachtvollen Szenen werden wir die gigantischen Kräfte schöpferischer Energie ins Bild umsetzen, die die Sonne an ihren Ort auf dem schwarzen Himmelstuch werfen, die Erschaffung des Menschen und seinen Fall, den Bau und die Irrfahrt der mächtigen Arche durch die Fluten des göttlichen Strafgerichtes, das Elend der ägyptischen Gefangenschaft, die sich teilenden Gewässer des Roten Meeres, die tragische Historie der Könige und Propheten Israels, die Erzählung von Daniel und dem gigantischen Götzenbild, vor dem sich zu beugen er verweigerte, die Geburt, das Leben und den Tod unseres Herrn und Heilands, die Gefangenschaften, berstenden Schiffe und mächtigen Taten, die in der Apostelgeschichte aufbewahrt sind, und schließlich, als Höhepunkt, kataklysmatisch, die Visionen, Schlachten, Gerichte und letzten Tage dieses Planeten, wie sie sich abgebildet finden im Buche der Offenbarung!

A. P. Es dürfte ein bißchen schwierig sein, dies alles in zehn Minuten unterzubringen.

RICHARD COOK Und wir haben nur 31,16 Pfund im Unterhaltungsetat.

EDWIN Und wir können kein geeignetes Bühnenbild herstellen, weil ständig neue Gruppen auf die Bühne kommen und wieder gehen.

GERALD Und die Bretter, die die Welt bedeuten, bestehen aus zehn zusammengeschobenen Holzblöcken.

A. P. Und wir haben für so was einfach nicht genug Leute.

THYNN Aber ansonsten war es eine ganz tolle Idee, Percy. *(lacht unbotmäßig)*

PERCY *(starrt auf mich, wie Othello in der letzten Szene auf Jago starrt)* Darf ich dies alles dahingehend verstehen, daß das Szenario, das ich Ihnen vorgelegt habe, mit derselben höhnischen Verachtung zurückgewiesen wird, mit der Sie mir schon einmal ein früheres meiner Manuskripte in mein armes Antlitz geschleudert haben . . .?

A. P. *(fest)* Ich habe Ihnen niemals irgend etwas in Ihr armes Antlitz geschleudet, und wir haben Ihre Ideen nicht zurückgewiesen, ich habe nur versucht, darauf hinzuweisen, daß . . .

PERCY Ich habe seinerzeit kein äquivalentes Zögern in Ihrem Betragen bemerkt, als Sie von mir verlangten, Ihnen meine ausgezeichnete mechanische Heckenschere auszuborgen. Wird dieser Akt der Großherzigkeit so behende vergessen? Mit wieviel Trauer rufe ich das Wort des Poeten ins Gedächtnis: „Dort mag ich Undank nur schauen mit hundert Augen, die den eigenen Vorteil erspähen, mit hundert Zähnen, die beißen den Schoß, in dem sie gezeugt . . .“ *(läßt das Haupt auf die Arme sinken wie von Trauer übermannt)*

(Deprimierte Pause)

A. P. Ja, also – können wir weitermachen? Hat jemand ...

MRS. THYNN *(stellt ihr Hörgerät lauter)* Darf ich was fragen?

A. P. *(vorsichtig)* Ja?

MRS. T. Wann gibt es was zu essen, und warum sollen wir Sie „Fortsatz“ nennen?

ANNE *(freundlich, aber laut)* Nicht „Fortsatz“, Mrs. Thynn. Edwin sagte, wir sollten Adrian „Vorsitz“ nennen.

MRS. T. *(ringt um Verständnis)* Aber das is' noch bescheuerter, als ihn „Fortsatz“ zu nennen! Warum müssen wir ihn „Vorsitz“ nennen? Kein Mensch heißt „Vorsitz“.

A. P. *(fast fistelnd)* Das ist die Kurzform für „Vorsitzender“, Mrs. Thynn! Ich bin nämlich der Vorsitzende, verstehen Sie!

MRS. T. Ja, aber warum nennen wir Sie dann nicht „Vorsitzender“?

A. P. *(quietschend)* Weil Andromeda denkt, wir sollten nicht sexistisch sein!!

MRS. T. Was kümmern wir uns um so 'ne hergelaufne Göre, die uns sagt, Sex soll nich' richtig sein? Jedenfalls, wann gibt's was zu essen?

A. P. *(mit leiser, heiserer gebrochener Stimme)* Leonard, könntest du bitte deiner Mutter klarmachen, daß niemand was zu essen kriegt, bevor ich nicht ein paar Ideen auf diesem Blatt Papier stehen habe? Deswegen sind wir nämlich hier.

PERCY *(der bemerkt, daß seine Trauer ignoriert wird)* Blase nur, blase, du Winterwind, viel freundlicher bist du, denn ...

GERALD ... Fortsatzens Undank gegenüber Percy.

VERNON RAWLINGS *(durch folgende Intervention Sohnesmord verhütend)* Ääh ... Charles und ich haben was, Vorsitz. Wir sind gestern bis spät in der Nacht dagesessen und haben es ausgearbeitet. Es ist so eine Art Dings für eine Art christliche Mission. Es kam uns als eine Art Eingebung letzte Nacht, so ähnlich wie es an Pfingsten auf dem Söller gewesen sein muß, obwohl wir eigentlich im Keller waren, nicht, daß das was ausmacht, denn in welchem Zimmer auch immer ...

A. P. Was war eure Idee, Vernon?

VERNON Ja, also, wir dachten, wir sollten was schreiben, was ein Stück weit aus dem Leben gegriffen ist und so und was wirklich den Herrn ehren würde und einen mächtigen Segen bringen würde über jeden, der es sieht, nicht wahr, Charles?

CHARLES Ja, wir haben einfach irgendwie wirklich ein Stückweit ...

VERNON Wir dachten, wir könnten mit dem Theaterfestival anfangen und dann bei einer Provinzbühne weitermachen und von da zum Westend umsiedeln, bevor wir ein Jahr lang auf internationale Tournee gehen, nicht wahr, Charles?

CHARLES Ja, wir haben irgendwie wirklich einfach ein Stückweit ...

VERNON Und letzte Nacht hatte ich einen Traum, der die Führung mächtig bestätigt hat, die wir gespürt haben! In meinem Traum war ich ein Delphin, der in einem dieser Aquarien aufgetreten ist, und der Trainer hat meine Zähne mit einer riesigen Zahnbürste geputzt! Nicht wahr, Charles?

CHARLES Na ja, ich war ja eigentlich irgendwie wirklich einfach ein Stückweit nicht da ...

A. P. Ich fürchte, ich sehe nicht richtig, wie ...

VERNON *(sehr lebhaft)* Ist doch sonnenklar! Die Sache mit der Vorführung hat was mit Schauspielerei zu tun – die Bühne, verstehst du. Der Trainer ist Gott, und er läutert symbolisch den Fisch – das bin ich, für die bevorstehende Aufgabe.

GERALD Was ich nicht ganz verstehe ... abgesehen von der Tatsache, daß du wirklich ein bißchen wie ein Delphin aussiehst, Vernon, ist, warum du ausgerechnet als *solch* ein Geschöpf erscheinen solltest.

VERNON Das ist der eigentlich springende Punkt, nicht wahr, Charles?

CHARLES Ja, es ist einfach wirklich irgendwie ein Stückweit ...!

VERNON Der Fisch ist ein Symbol des Christentums!! Amen?
CHARLES Halleluj . . .!
A. V. *(leidenschaftslos)* Ein Delphin ist kein Fisch. Sondern ein Säugetier.
VERNON *(ganz vom eigenen Enthusiasmus berauscht)* Na wenn schon, was ist der Unterschied . . .?
A. V. Der Unterschied ist, daß Fische Kaltblüter sind und daß sie Gräten haben. Säugetiere sind Tiere, die ihre Jungen *(genußvoll)* SÄUGEN. Das habe ich in einem Projekt gelernt, als ich als Attraktion im Krankenhaus lag. Also!
VERNON *(leicht irritiert)* Aber Delphine sehen wie Fische aus!
A. V. Vielleicht kennt Gott den Unterschied zwischen Fischen und Säugetieren auch nicht. Vielleicht hat er es vergessen, seit das alles vor Millionen Jahren angefangen hat.
MRS. F. Das *alles*, wie du es so respektlos zu formulieren beliebst, Kind, hat vor 6000 Jahren angefangen, und . . .
EDWIN Kommen Sie, Victoria, seien Sie nicht so dogmatisch mit dem Kind . . .
A. V. *(zu Vernon)* Warum bittest du Gott nicht, heut' nacht 'nen neuen Traum zu schicken, wo du 'ne Flunder bist. Flundern sind richtige Fische, oder, Charles? Und du schaust eher wie 'ne Flunder aus.
CHARLES Ich sehe einfach irgendwie wirklich ein Stückweit nicht wirklich einfach . . .
A. V. Habe allerdings noch nie gehört, daß 'ne Flunder öffentlich auftritt.
MRS. T. Was quatschen wir hier in Gottes Namen über auftretende Flundern? Dachte, wir suchen 'nen Stück aus!
THYNN Krieg' das mal auf die Reihe, Fortsatz!
A. P. Die nächste Person, die mich Fortsatz nennt, spielt weder mit, noch kriegt sie was zu essen!
ANNE Komm, hab' dich nicht so, Schatz, das war doch bloß ein Scherz. Sei nicht kindisch.
A. P. Ich war nicht kindisch – ich war bloß . . .
MRS. F. Ich denke, wir müssen ein grundlegendes Lehrproblem klären, bevor wir fortfahren. Dieses Kind . . .

A. P. Jeder, der darauf besteht, daß wir grundlegende Lehrfragen klären, spielt ebenfalls nicht mit und kriegt ebenfalls nichts zu essen.

MR. F. *(vornehm)* Victoria wird niemals zulassen, daß Drohungen oder Versprechen ihre Verteidigung der reinen biblischen Leh …

MRS. F. Sei still, Stenneth.

MR. F. Ja, meine Liebe.

PERCY O weh, die Dankbarkeit der Menschen hat oft verlassen schon …

A. P. Jeder, der aus dem Zusammenhang gerissene Gedichtzeilen über Undankbarkeit mißbraucht oder falsch zitiert, kriegt ebenfalls keine Rolle und kein Essen.

(Pause)

Gut, können wir *bitte* weitermachen. Vernon und Charles – Traum hin oder her. Erzählt uns bitte einfach, welche Idee ihr habt.

VERNON In Ordnung. Also im Grunde geht's um diesen Typ in einer Kneipe, der mit einem anderen Typ redet. Wir dachten, eine Kneipe ist irgendwie besser, weil sie ein Stückweit echt ist und – na ja, einfach echt, und wenn's eine Sache gibt, die wir unbedingt haben wollen, ist, daß es ein Stückweit echt ist, darum haben wir gedacht, es sollte in einer Kneipe sein, damit's echt echt ist.

A. P. *(mit nachlassender Geduld)* Ja? Und …?

VERNON Der eine ist Christ und heißt Dave, und der andere ist Nichtchrist und heißt Bart, und die beiden haben einfach so eine richtige natürliche Unterhaltung über einfach ein Stückweit den Glauben, nicht wahr, Charles?

CHARLES Ja, es ist irgendwie echt wirklich ein Stückweit einfach natürlich, einfach wie ein wirklich echter natürlicher äh … eine echte Unterhaltung eben.

VERNON Wir machen euch einfach mal vor, was wir irgendwie so geschrieben haben, ja? Ist noch nicht lang genug, aber wir können es leicht ein Stückweit ausschmücken, wenn – wenn wir ääh ... wenn es nötig ist. Ich bin Dave, okay? Und Charles ist Bart, nicht wahr, Charles?

CHARLES Ja, ich bin irgendwie einfach richtig echt ein Stückweit Bart.

(Manuskriptgeraschel)

VERNON Also, es fängt irgendwie damit an, daß Bart ein Stückweit alleine in der Kneipe sitzt und irgendwie einfach mit sich selbst redet. Richtig, Charles, sobald du irgendwie so weit bist. *(flüstert)* Ich komm' bald rein, aber nicht gleich irgendwie ganz am Anfang einfach ...

CHARLES *(Zungenschnalzen und Seufzen)* Mist! Pah! *(Seufzer)* Ich weiß nicht! Mein Leben geht nicht sehr gut! Ich habe heute abend schon drei große Gläser Alkohol in mich aufgenommen, und ich werde wahrscheinlich noch viel mehr trinken, bevor ich nach Hause gehe. Pah! *(Seufzer)* Mist! Was ist überhaupt der Sinn des Lebens? Wenn ich nur irgend etwas sehen könnte! Ich sehe beispielsweise im Moment keinerlei Grund, nicht zu sündigen. Ich könnte auf der Stelle eine Zigarette rauchen oder mich einer Dame gegenüber unziemlich benehmen. Kein Wunder, daß sich Menschen wie ich einem Leben der Kriminalität zuwenden. Entwurzelt und unwissend, wie wir sind, geraten wir in schlechte Kreise und merken nicht, daß wir uns mit jedem Schritt weiter von Gott entfernen, über den wir nichts wissen. Barmann, hiermit bestelle ich noch ein Alsterwasser[1], und ich meine, keins für kleine Kinder! *(Schnalzen, Seufzen)* Mist! Pah!

1 Für deutschsprachige Leser südlich der Mainlinie: Radler-Halbe (Bier mit Limonade)

VERNON *(klingt wie Baden-Powell, der eine Rede vor einer Pfadfinderversammlung hält)* Guten Abend, mein Freund. Darf ich mit Ihnen zu Tische sitzen? Ich will Ihnen meine Gesellschaft nicht aufnötigen, da dies häufig Abwehr hervorruft, die den Hörer gegenüber der beabsichtigten Mitteilung des Evangeliums verhärtet.

CHARLES Etwas an Ihrer Sensibilität zieht mich an, obwohl ich im Morast gottloser Selbstversunkenheit versumpft bin. Setzen Sie sich, falls Sie es wünschen. Aber – ich muß schon sagen, Sie sind vielleicht ein komischer Kauz! Halten Sie nicht ein Glas Orangenlimonade in der Hand? Ha ha, Sie sind kein Mann der Welt, wie ich es bin. Ich trinke bereits das dritte Glas Alsterwasser, aber – pah! – wer zählt schon? *(Seufzer)*

VERNON Ich rechne es mir zur Freude, Ihren Spott zu erleiden. Ich bedarf nicht der Grundlage eines berauschenden Mediums, um die Freude hervorzubringen, die aus dem Inneren quillt. Können Sie nicht an meinem Gesichtsausdruck ablesen, daß ich aus anderen Quellen schöpfe als solchen? *(verzieht den Mund zu einer abscheulichen, verknitterten Grimasse)*

GERALD *(lehnt sich vor, um mir etwas ins Ohr zu flüstern)* Wenn mich in einer Kneipe jemand so angrinsen würde, würdest du von mir bloß noch 'ne Staubwolke sehen ...

A. P. Pscht!

CHARLES Jetzt, da Sie es erwähnen, bemerke auch ich eine fast sichtbare Aura von Freude, Friede und Zufriedenheit um Sie herum. Worauf führen Sie dieses Phänomen zurück?

VERNON Nein, nein, mein Freund, lassen Sie uns zunächst über Ihr Leben und Ihre Arbeit reden, über Ihre Hobbys und Interessen. Auf diese Weise gehen wir eine lockere, natürliche Beziehung ein – eine Grundlage, auf der sich eine Freundschaft aufbauen läßt, die nicht ausschließlich Ihr Seelenheil betrifft. Die Heilige Schrift unterstützt diesen methodischen Ansatz.

CHARLES Ich bin Schweißer, und ich wurde kürzlich entlassen. Gegenwärtig erscheint mir das Leben nicht lebenswert. Mist! Pah! *(Seufzer)* Ich sitze hier bereits den ganzen Abend und versuche, meine Sorgen mittels Alkohol zu ertränken. Ich habe bereits drei Gläser dieses Teufelsgebräus konsumiert. Es ist Alsterwasser, und ich meine, keins für kleine Kinder. Aber genug von mir. Jetzt, da wir enge Freunde sind und Sie bewiesen haben, daß Sie an mir als Person interessiert sind und nicht nur als einer Art geistlichem Skalp, erzählen Sie mir doch vom Ursprung jener Liebe, jener Freude und jenes Friedens, die Ihnen entströmen wie ein Fluß.

GERALD *(wiederum flüsternd)* Jawoll! Was hat er in seine Limo gekippt?

A. P. Pscht!

VERNON Da Sie mich fragen, mein Freund, will ich es Ihnen sagen. Ich bin Christ, und die Freude, deren Zeuge Sie sind, ist das Ergebnis erlösenden Leidens, das vermöge einer göttlich implantierten geistlichen Vision ergriffen, genährt und entwickelt wurde durch planmäßige und gründliche exegetische Studien.

CHARLES Das habe ich noch nie so einfach erklärt gekriegt.

Oh, daß doch auch ich diesen schlichten Glauben teilen könnte. *(Seufzer)*

VERNON Aber Sie *können* ihn teilen, mein Freund! Sie können es in der Tat! Sie müssen sich jetzt entscheiden zwischen Alsterwasser und Gott. Wählen Sie Gott, und Sie werden wie ich.

GERALD *(weiteres Flüstern)* Dann schnell zurück zum Alsterwasser, nehme ich an.

A. P. Pscht!

CHARLES Ich schwöre dir ab, o Teufelsbräu! Ich wähle Gott! *(Pause)* Das Freudengefühl, das mich urplötzlich durchströmt, ist in der Tat weitaus mächtiger und subtiler als dasjenige, das durch exzessiven Alsterwasserkonsum ausgelöst wird, selbst wenn's nicht die Sorte für kleine Kinder ist. Ich danke Ihnen, mein Freund, für Ihre Worte.

VERNON *(selbstgefällig)* Nicht ich, mein Freund, sondern Der, Der durch mich spricht.

CHARLES Und was jetzt, mein Freund?

VERNON Nun, montags treffen wir uns zur Bibelstunde, am Mittwochabend ist Gemeindeversammlung, am Donnerstag beginnt ein neuer Glaubenskurs – es wird nötig sein, daß Sie daran teilnehmen. Freitagabend fährt ein Bus zu John Wimber, am Sonnabend halten wir eine ganztägige Konferenz über unsere missionarischen Aktivitäten im kommenden Jahr, am Sonntag ist vormittags Gottesdienst, mittags gibt es ein aserbeidschanisches Essen, und am Abend ist Abendmahlfeier.

CHARLES Endlich frei!

(Geräusch zweier klatschender Menschen. Es handelt sich um Vernon, der Charles applaudiert, und um Charles, der Vernon applaudiert. Eine kurze Stille folgt)

VERNON *(mit schüchternem Stolz)* Also, das ist es. Was denkt ihr?

A. P. *(räuspert sich)* Es – es – es ist sicherlich sehr . . .

VERNON *(ängstlich)* Du denkst doch nicht, es ist ein Stückweit zu gossenhaft? Charles und ich haben uns ein wenig Sorgen gemacht, daß es einfach irgendwie ein Stückweit zuviel Straßenjargon enthält, nicht wahr, Charles?

CHARLES Ja, wir waren wirklich einfach, irgendwie ein Stückweit besorgt über ääh ... das.

A. P. Nein, ich ääh ... glaube nicht, daß ihr euch darüber Sorgen machen müßt.

VERNON *(irgendwie ein Stückweit hoffnungsvoll)* Du glaubst also nicht, es kommt zu rauh und realistisch rüber?

A. P. *(als würde er sorgfältig abwägen)* Nein, nein, das würde ich keinesfalls behaupten.

ANNE *(freundlich)* Ihr beide müßt wirklich hart daran gearbeitet haben, nehme ich an, nicht wahr?

CHARLES Na ja, wir haben wirklich einfach irgendwie gespürt, daß Gott es uns wirklich irgendwie ein Stückweit gegeben hat.

GERALD *(flüstert in mein Ohr)* War froh, es loszuwerden, nehm' ich an.

A. P. Pscht! Okay, also, was denken die anderen?

EDWIN Guter Versuch. Wirklich guter Versuch! Aber vielleicht doch nicht ganz das, was wir ...

PERCY Wenn ich recht verstehe, treten nicht mehr als zwei Charaktere in diesem – „Versuch", wie es Edwin so eloquent in Worte gefaßt hat, in Erscheinung. Sollen all wir übrigen „Kneipenstatisten" sein? Falls dem so ist, möchte ich in aller Schärfe prot –

A. P. *(wirklich ziemlich dankbar)* Das ist tatsächlich ein sehr wesentlicher Punkt, Vernon. Wie Edwin gesagt hat, handelt es sich um einen sehr guten – sehr guten – einen sehr guten ääh ... Versuch, aber er bezieht nur zwei Charaktere ein, und das ist ein bißchen sehr begrenzt. Immerhin wissen wir, das Stück ist da, wenn wir etwas ...

GERALD *(flüsternd)* ... wirklich Hahnebüchenes auf die Bühne bringen wollen.

A. P. ... falls wir später darauf zurückgreifen wollen. Nun, Gerald *(gedenkt, ihm eine Lektion zu erteilen)* – wie steht es mit dir, hast du etwas beizusteuern?

GERALD Merkwürdig, daß gerade du das fragst, Papa. *(Ich hätte es wissen sollen)* Wie der Zufall will, habe ich eine kleine Szene vorbereitet. Nicht ganz so pinteresk wie der ääh ... Versuch von Vernon und Charles – eher ein paar Verhaltensbeobachtungen als irgend etwas, was mit Mission und so zu tun hat.

A. P. Was für „Verhaltensbeobachtungen“?

MRS. F. *(grimmig)* Ich vertraue darauf, daß wir kein weiteres Mal die Areale deiner üblichen Frechheit betreten werden, junger Mann.

GERALD *(todernst)* Herzlichen Dank, Mrs. Flushpool. Ich weiß das zu schätzen.

MRS. F. *(verstört)* Wofür dankst du mir?

GERALD Für Ihr Vertrauen, Mrs. Flushpool, für Ihr Vertrauen. Danke, daß Sie mir vertrauen.

ANNE Das reicht, Gerald. Was ist deine Idee?

GERALD Na ja, im Grunde geht es um zwei typische junge Christen, die sich anläßlich eines dieser großen christlichen Ferienlager in der Cafeteria oder so treffen.

A. P. Typische junge Christen?

GERALD Ja, mehr oder weniger.

A. P. Dann mach weiter.

GERALD Also, da ist Gary. Er stammt aus *(setzt eine besondere Stimme auf)* „einer wirklich großartigen Gemeinde“ in den Midlands – wirklich total lebendig, und die Geistesgaben sind alle da, und der Pastor hat drei Bücher geschrieben, und wir haben ein paar echt spitze Prediger, und zwei meiner besten Freunde haben in den letzten sechs Monaten den Durchbruch geschafft, und wir haben gerade eine prophetische Basketballgruppe angefangen, und letzte Woche haben wir Grönland für den Herrn reklamiert, und nächstes Jahr will eine Gruppe von uns rübergehen, und wir hatten massenweise Prophezeiungen über schmelzendes Eis und den Sommer, der den Winter vertreibt, und ich versuche mich zu entscheiden, ob ich Vollzeitevangelist werden will oder christlicher Sporttaucher, und mein Zweierschafts-Partner sagt, er sieht mich im Geiste von Wasser umflutet, so daß ich denke, daß die Führung wirklich ziemlich klar ist, und zur Zeit lese ich ein großartiges Buch, das den Titel hat „Origami und der Christ – ein unvoreingenommener Blick auf das, was die Heilige Schrift über Papierfalten sagt", und einige von uns wollen am nächsten Freitag mit Transparenten vor das örtliche Schreibwarengeschäft ziehen, und ich habe gerade ein Anbetungslied geschrieben, das einen verminderten g-moll-sept-Akkord enthält, und ...

A. P. *(amüsiert, aber nervös)* Und der andere?

GERALD Na ja, ungefähr dasselbe, außer daß er Jeremy heißt und nicht sicher ist, ob er ein christlicher Vollzeit-Entertainer werden will oder ein charismatischer Buchhalter. Jedenfalls geht es folgendermaßen: Ich muß beide Rollen selber übernehmen, weil ich mit niemand geübt habe. Es beginnt mitten in ihrer Unterhaltung.

Jeremy: ... da dachte ich, es wäre toll, O. M. beizutreten. *(beiläufig)* Ich habe mit Ischmael darüber geplaudert, als er letztes Mal da war.

Gary: Oh, du kennst Isch?

Jeremy: Na klar, Ian ist ein guter Freund von mir.

Gary: Schickes Haus – gute Absteige.

Jeremy: *(geschlagen)* Du hast da übernachtet?

Gary: Na ja, ääh ... nein, nicht direkt übernachtet, aber ich habe gehört, daß es ein netter ääh ... eine nette Absteige ist.

Jeremy: *(erleichtert)* Aber er ist Spitze, nicht wahr?

Gary: O ja, er ist Spitze!

Jeremy: Aber was willst *du* machen?

Gary: Na ja, ich denke, ich werde womöglich geführt, für einige Zeit beim Cevim einzusteigen. Mittelfristig wäre es natürlich auch Spitze, ein Jahr bei der O. J. C. zu verbringen. Ein Freund von mir hat mir neulich bei einem C.T.A.-Konzert davon erzählt. Andererseits stehen die sich mit der GeiGe nicht so gut. Da wäre dann schon JmeM besser. Die Methos haben ja außerdem dieses JMM-Programm, das ist auch nicht übel, hab' ich gehört. Aber bei den Bappis finde ich die Tauflehre biblischer. War mir nicht ganz sicher, was ich wirklich machen soll, deswegen habe ich es mit Elsie durchgesprochen.

Jeremy: Wofür steht das?

Gary: Wofür steht was?

Jeremy: L. C.?

Gary: Das steht für nichts. Das ist der Name meiner Freundin – Elsie.

Jeremy: Ah – so!

Gary: Wofür steht das?

Jeremy: Was steht für was?

Gary: A. S. O.

Jeremy: Nichts, ich habe bloß ...

Gary: War bloß ein Witz! Jedenfalls habe ich neulich mit einem Typ vom Cevim geredet und danach mit Elsie, und da fühlte ich mich geführt, doch wieder mit dem ollen Floyd zu arbeiten.

Jeremy: Der olle Floyd? Du meinst Floyd McClung? Du meinst den, der dieses Buch geschrieben hat – das mit dem braunen Umschlag?

Gary: Ja, genau das. Ein super Buch, nicht?

Jeremy: Ein *hervorragendes* Buch.

Gary: Ein *echt* super Buch.

Jeremy: Mmh ... so ein Buch!

(Ehrfurchtsvolle Pause)

Gary: Du hast es doch ääh ... gelesen, oder?

Jeremy: Na ja – so diagonal durchgeblättert, weißt du ... Und du?

Gary: Nicht so richtig, nein, aber alle sagen, es ist ääh ...

Gemeinsam ... ein super Buch!
Jeremy: Was hast du damit gemeint, als du gesagt hast, du willst „wieder mit Floyd arbeiten"?
Gary: *(nebulös)* Ach, wir waren mal vor ein paar Jahren zusammen auf Missionseinsatz, das ist alles.
Jeremy: Du und Floyd McClung, ihr habt zusammen Mission gemacht?
Gary: Na ja, am Ende hat er gesagt, er will mir persönlich für die Unterstützung danken, die ich ihm gegeben habe – eigentlich hat er gesagt, er würde gerne 120 von uns persönlich danken für die Unterstützung, die wir ihm gegeben haben, aber ich habe immer das Gefühl, er hat mich dabei ganz besonders angesehen, so ...
Jeremy: Eigentlich fahre ich in letzter Zeit ziemlich auf die musikalische Seite der Sache ab.
Gary: Ja, ich habe auch gerade einen verminderten g-moll-sept-Akkord in einem ...
Jeremy: Es wäre super, mit jemand wie Martyn Joseph Keybord zu spielen.
Gary: Wer ist das? Freund von dir?
Jeremy: *(schockiert)* Er ist einer der Top-Musiker bei „Laßt Gott herabfahren und Wunder des Wachstums wirken" und bei „Black Belt" ...
Gary: Black Belt?
Jeremy: Ja, das ist wie Green Belt, bloß besser. Martyn ist immer da. Er ist *Spitze!* Na ja, ich muß gehen. Bin mit einer Amerikanerin vom YWCA verabredet, die hier auf Besuch sind. Wir wollen zusammen Kaffee trinken, bevor ich ins LT zur MS muß. Unter TOP 3 geht's um unsere missionarische Sommerfahrt in die GUS.
Gary: Ich glaube, ich schlaf' erst mal.
Jeremy: O. k., R. I. P.

Tja, das ist es! Was denkt ihr?

EDWIN *(leise kichernd)* Äußerst amüsant, Gerald, aber irgendwie glaube ich nicht, wir würden damit beim Festival einen Blumentopf gewinnen. Die nehmen sich selbst ziemlich ernst.

VERNON *(offenkundig verwirrt)* Es ist natürlich wirklich gut, Gerald, aber ääh ... irgendwie habe ich ein Stückweit nicht gesehen, warum das lustig sein soll. Ich meine, das waren doch einfach irgendwie ein Stückweit bloß zwei ganz normale christliche Typen, die eben diese Art von Unterhaltung haben, die ääh ... die wir jungen Christen eben so haben, oder?

A. P. Die Leute reden doch bestimmt nicht wirklich so! Ich kann nicht glauben ...

RICHARD Natürlich nicht! Erst neulich beim Expo-Komitee haben wir gesagt, oder vielmehr war es ein Mitglied der GVE, der hat gesagt, wie sensibel und reif das christliche Miteinander gerade im Blick auf die Sprache während der letzten Jahre geworden ist, unabh. davon, ob jemand dem EC angehört oder den CGL. Und all das, was wg. der Abkzngn. gesagt wurde, war m. E. ttl. übertrieben.

A. P. Mhm ... ja. Ich sehe, was du meinst, Richard.

GERALD Ich kenne einen MDdP mit einem BMW, der arbeitet für die EG und lebt meist in der BRD ...

ANNE Gerald!

PERCY *(verschnupft)* Jedwede Diskussion ist überflüssig. Wir haben bereits festgehalten, oder jedenfalls meine ich, glauben zu dürfen, daß wir festgehalten haben, daß ein Duolog nicht geeignet ist. Es sei denn freilich *(fixiert A. P. mit einem anklagenden Auge)*, wir werden von einem Nepotisten mißbraucht!

MRS. T. *(strengt sich an, zu hören)* Wer wurde von 'nem Methodisten geschlaucht? Überrascht mich gar nicht, wenn ihr ...

A. P. *(erhebt die Stimme)* Niemand wurde von einem Methodisten geschlaucht, Mrs. Thynn! Brain dachte, ich könnte Geralds Idee favorisieren, weil er ein Verwandter ist!

MRS. F. Ich gebe ein weiteres Mal zu bedenken, daß das alberne Stückchen Unsinn, das Gerald produziert hat, jene

Elemente der Unbotmäßigkeit und mangelnder Ehrfurcht enthält, die die größere Majorität seiner Äußerungen zu charakterisieren pflegen. Ich fürchte, Herr Vorsitzender, in Ihrem Sprößling finden sich ungebührlich zahlreiche Relikte des Fleisches.

EDWIN Victoria, dies ist wirklich nicht der Ort für ...

A. V. Sie hat „Herr Vorsitzender" gesagt. Sie soll einfach „Vorsitz" sagen! Man muß ein Protestschreiben aufsetzen – schnell!

PERCY Auch nur zu erwägen, daß ich, der ich einstmals auf denselben Brettern stand wie – wie – wie Peter Butterworth, fortgesetzt derartigen Verbalinjurien ...

MRS. T. Peter Butterworth! Jetzt geht's endlich los. *(kreischt schrill)* Der war doch in diesen Fortsetzungsfilmen, oder? Der war gut, aber mein Liebling war ...

MR. F. *(seltsam krächzendes Lachen)* Ich habe immer die Aufführungen dieses charmanten Mädchens mit den schönen Haaren genossen, die immer sehr umfangreiche Rollen zu haben schien.

(Eine profunde Stille senkt sich auf die Versammlung. Währenddessen wendet sich Mrs. F. mit verdächtiger Langsamkeit um, um ihren Gatten anzusehen)

MRS. F. Ich war mir nicht im klaren darüber, Stenneth, daß du jemals auch nur *einer* dieser mehr als fragwürdigen Veranstaltungen beigewohnt hast.

MR. F. *(selbst seine Stimme ist bleich)* Na ja ... ja, nun ... natürlich ... das war – war, bevor wir ääh ... geheiratet haben, meine Liebe. Bevor du ääh ... mir geholfen hast, so klar zu sehen, daß ääh ... fast alles ääh ... falsch ist, sozusagen.

MRS. F. *(die Luft ist schwanger mit „Warte ab, bis ich dich zu Hause habe")* Herr Vorsitzender ...

A. V. *(unterbricht mit triumphaler Präzision)* ... Vorsitz!

MRS. F. Ich würde gerne abgehen ...

THYNN Hört, hört!

MRS. F. Ich würde *gerne* abgehen von all den bisher vorgeschlagenen Stücken. Denn sie sind entweder ungut, unflätig oder unpassend.

GERALD *(flüsternd)* Und in keinem ist eine Rolle für sie drin.

A. P. Pscht. Seht mal Leute, könnten wir nicht einfach ...?

(Riesenkrach, als jemand durch die Tür rauscht und sie hinter sich zuknallt)

ELSIE BURLESFORD *(denn sie ist es – atemlos, aber nicht kraftlos)* Hallo, allerseits! Hallo, Papa! Tut mir leid, daß ich zu spät komme. William und ich waren hinten im Obstladen, haben China geboten und unsere Mathehausaufgaben gemacht. William glaubt nämlich, man könnte durch Gebet die Gestalt von Ländern verändern, und er hat von jemandem in Südamerika gelesen, der tatsächlich schon ein paar Stückchen von Peru weggebetet hat, und er sieht nicht ein, warum es nicht bei uns passieren sollte, und ich auch nicht, und deswegen wollen wir ...

GERALD Das ist ja eine spitze Idee, Elsie! Wir bräuchten endlich keine Fähren mehr, um zur Isle of Wight zu gelangen? Du und William, ihr könntet einfach auf dem Festland stehen und den ganzen Tag die Insel hin und her beten. Brillant!

ELSIE Sei nicht albern, Gerald. Jedenfalls hoffe ich, ich bin nicht zu spät, Mr. Plass, weil ...

MRS. T. Du muß ihn „Rücksitz“ nennen, meine Süße.

ELSIE Rücksitz?

A. P. *(brüllt)* Vorsitz, Mrs. Thynn! Nicht Rücksitz!

MRS. T. Na ja, wußt' ich doch, daß es was mit'm Auto war ...

ELSIE Vorsitz? Ach so, Vorsitz! Verstehe! Kurzform für die Person, die den Vorsitz hat?

(Man kann Andromeda grinsen hören)

A. P. Elsie, hast du ...?

ELSIE *(gewaltiges Papierrascheln)* Ich habe meine Idee mitgebracht. Es handelt sich um ein Gedicht! Ich dachte, verschiedene Leute könnten verschiedene Verse lesen. Ich habe sie alle hier; die Namen stehen auch drauf. Jede Person repräsentiert einen Teil der Schöpfung Gottes, wißt ihr, so könnten wir alle in einer Reihe auf der Bühne stehen und das Ganze Vers für Vers vorlesen. Was haltet ihr davon?

A. P. Nun . . .

ELSIE Wir können's ja versuchen! Mr. Flushpool, Sie sind der erste. Hier ist Ihr Vers. Auf los geht's los.

MR. F. *(anhaltendes Räuspern. Beginnt endlich mit zittriger, nervöser Stimme zu lesen)*
Ein Löwe ich, ein grauses Tier,
Bin sechs Fuß lang und mehr,
Hab Zähne weiß wie Tennisshorts.
Ich brülle! Zittert sehr!
(gibt ein schwaches Miau-Geräusch von sich)

MRS. F. Brüll, Stenneth! Brüll!

MR. F. *(macht ein lauteres Miau-Geräusch)*

A. P. Sehr eindrücklich, Stenneth. Konnte dich richtig durch die Steppe pirschen sehen.

MRS. T. Seit wann hörn Sie die Treppe knirschen?

THYNN Sei still, Mutter. Ääh . . . Adrian?

A. P. Sei still, Leonard. Mach weiter, Elsie, bitte.

ELSIE In Ordnung! Mr. Brain, Sie sind der nächste. Es steht auf dem Zettel, den ich Ihnen gerade gegeben habe. Fangen Sie an, sobald Sie fertig sind.

PERCY *(deklamiert mit grandiosem Pathos)*
Ein Erdwurm ich, ein kleiner Wurm,
Mit wenig Hirn im Kopf,
Ich schlucke kleine Stücke Dreck
Und spuck sie aus, ich Tropf.
(Geräusch von raschelndem Papier, da er nach mehr sucht) Ist *das* meine *Rolle*? Dieses Fragment abartigen Geschreibsels? Ist das *alles*?

ELSIE *(unbeeindruckt)* Ja, Mr. Brain, das ist alles. Und es handelt sich keinesfalls um abartiges Geschreibsel. William ist ziemlich sicher, daß diese Verse wörtlich inspiriert sind. Er hat gerade ein Buch über einen Mann in Südostasien gelesen, der 15 umfangreiche christliche Romane geschrieben hat, obwohl er seit Geburt blind, taub und stumm ist. William sagt, daß die Dinge, die ich geschrieben habe, den Dingen erstaunlich ähneln, die dieser Mann geschrieben hat.

GERALD *(flüsternd)* Könnte hinkommen!

PERCY Pah!

A. P. Pscht. Ich meine nicht Sie, Percy, ich habe mit Gerald geredet.

ELSIE *(auf dem Kriegspfad)* Was hat Gerald gesagt, Mr. Plass?

A. P. Es ist völlig egal, was Gerald gesagt hat, Elsie. Machen wir einfach weiter.

GERALD Ich habe gesagt ...

A. P. Sei still, Gerald!

THYNN Adrian?

A. P. Sei still, Leonard!

VERNON Dieser Typ in Südostasien klingt wirklich ziemlich ...

ELSIE Sei still, Vernon! Also, als nächste ist Mrs. Flushpool dran, einen Vers zu lesen. Hier ist er, hier ist Ihr Vers. Sie sind eine Eiche.

MRS. F. *(ziemlich geschmeichelt)* Nun ja, ich muß zugeben, das scheint äußerst passend zu sein. Also, laß mich sehen ... *(sie beginnt in singendem Tonfall zu lesen, der immer stockender und ungläubiger wird, je mehr sie die Worte begreift)*

Ein Eichbaum ich, die Arme hoch,
Verschroben, wild zu schaun,
Die Füße unterm Rasen schon,
Die Haut zerfurcht und braun.

(Pränatales Schweigen)

GERALD Mit Herzblut geschrieben!

A. P. Pscht! Elsie, ich bin nicht ganz sicher ...

MRS. F. *(halb ohnmächtig)* Stenneth, verteidige mich!

MR. F. Ääh ... ja, natürlich, meine Liebe. Ääh ... ich denke, Victoria ist ein bißchen erregt wegen der ääh ... Idee, daß man sie als physisch geeignet angesehen hat für diesen speziellen Vers. Ihre Haut ist schließlich überhaupt nicht braun ...

MRS. F. Stenneth!

MR. F. Oder ääh ... in der Tat äh ... z- z- z- zerfurcht, und wir – wir bestehen darauf, daß der ääh ... *Rasen* rauskommt und durch Boden oder vielleicht G- G- G- Gras ersetzt wird.

ELSIE *(eindeutig posierende Hände in den Hüften)* Ich wurde geführt, diese Worte zu schreiben, und ich weigere mich, ein einziges davon zu ändern!

GERALD *(flüsternd)* Kleines Trotzköpfchen, nicht wahr?

A. P. Pscht! Elsie, das geht einfach nicht, nicht wahr? Vielleicht ...

THYNN Adrian, da ist was ...

A. P. Sei still, Leonard!

ELSIE *(im Begriffe, überzukochen)* Also gut! Wenn ihr nicht wollt, was ich geschrieben habe, werde ich es alles zerreißen, und es tut mir außerordentlich leid, daß ich euch belästigt habe! William sagt, daß wir in Verfolgungszeiten aufblühen, und ich nehme an, dies ist erst der Anfang der Wehen. Dieses Treffen ist wie – wie – Rußland vor der Wende! *(zu A. P.)* Ich habe ganz speziell für Sie, Mr. Plass, einen Vers geschrieben, und Sie wollen ihn nicht einmal hören! William hat gerade von einem Mann in ...

A. P. *(sich ergebend)* In Ordnung, Elsie. Tut mir leid, tut mir leid! Ich werde den Vers lesen, den du für mich geschrieben hast, und dann müssen wir wirklich weitermachen. Okay?

ELSIE *(etwas beschwichtigt)* Na gut, in Ordnung dann. Hier ist er, und Sie werden auch nicht so empfindlich sein wie Mrs. Flushpool?

A. P. *(gereizt)* Natürlich nicht! Ich werde ganz objektiv sein.

ELSIE Gut, dann machen Sie los!

A. P. *(liest ganz hastig)*

Ein Schneck bin ich, ein schleimig Ding,
Kriech' auf dem Bauche eh',
Laß hinter mir 'ne glitsch'ge Spur,
Mein Leib ist wie Gelee.

(Allgemeiner entzückter Applaus)

ELSIE Was sagen Sie dazu, hä?

A. P. *(objektiv)* Weshalb zum Teufel denkst du, daß ich besonders geeignet bin, das zu lesen? Was an mir ähnelt einer Schnecke? Ich möchte es einfach wissen, Elsie!

ELSIE Na ja, es mußte jemand sein, der dick und einfältig und nützlich ist, deshalb ...

A. P. *(die Zähne zusammenbeißend)* In Ordnung! Es reicht! Vielen

Dank fürs Kommen! Danke für eure Vorschläge! Danke für alles, was ich vergessen habe! Nichts eignet sich, wir können also einfach alles aufessen, was da ist, und dann die Fliege machen! Wenn ich vorher gewußt hätte, daß ...

THYNN Äah ... da ist noch was.

A. P. Was?!

THYNN Das da. Das Manuskript.

A. P. Von dir? Ich habe kein Interesse an ...

THYNN Nein, es ist von Frank Braddock. Er hat heute früh reingeguckt und gefragt, ob ich es mitnehmen könnte, weil er nicht zum Treffen kommen kann. Er sagte, es dauert genau zehn Minuten, es reimt sich, und es handelt von Daniel in der Löwengrube. Es kommen sechs Rollen drin vor einschließlich dem Erzähler und den Löwen, und er hat es speziell für uns geschrieben.

(Lange Pause, während der A. P. Thynn anstarrt)

A. P. *(leise, aber entsetzlich)* Laß uns das ganz klar kriegen, Leonard. Du bist dagesessen mit diesem Manuskript in der Tasche, das von einem richtigen Schriftsteller stammt, während dieser ganzen Farce von Veranstaltung, bei der Leuten gesagt wurde, sie hätten zerfurchte Haut und gallertartige Bäuche, und ich mußte mir stundenlang anhören, wie ...

ANNE *(mild)* Weniger als eine Stunde, Schatz.

A. P. ... beinahe eine Stunde lang mußte ich mir unbrauchbares Material anhören; und jetzt, erst *jetzt* bringst du was zum Vorschein, was uns vor all diesem Ungemach hätte bewahren können? Ist das eine faire Zusammenfassung, Leonard?

THYNN Äh, laß mich sehen. Ja, ja, das ist es in etwa. Ich – ich habe vergessen, daß ich es hatte. *(lacht heiser)*

A. P. Nun, in diesem Fall werde ich ... *(Klang schurrender Stuhlbeine und eines kleinen Schreis aus Thynns Kehle)*

ANNE Du wirst ihm vergeben, nicht wahr, Schatz?

A. P. *(atmet heftig und geräuschvoll durch die Nase)* Ja! Das ist es – das ist es, was ich mit dir machen werde. Ich werde dir vergeben, Leonard *(kaum hörbares Gemurmel)* – direkt in dein Gebiß ... *(setzt sich wieder)*

ANNE Ist das Stück gut, Schatz?

A. P. *(raschelnde Seiten)* Sieht großartig aus! Genau richtig. Hört euch diesen Abschnitt an:

In der Grube, angefüllt mich Knochen und Gebein,
Wo die Löwen brüllen und verlorne Menschen schrein,
Wo der Mensch, der glaubt, sein Leben sei sein Gott,
Beide: sich und Gott, verliert im Rachen grauser Todesnot . . .

(Beeindrucktes Schweigen)

PERCY Und sind da – ist da eine Rolle dabei für, na ja, für ...?

A. P. Ich könnte mir denken, daß du den idealen König Darius abgeben würdest, Percy.

PERCY *(strahlt hörbar)* Aah! Nun, das scheint – ja!

MRS. T. Und ich denk', wenn wir nich' bald irgendwas zu futtern kriegen, sollten wir bald 'nen neuen Untersatz wählen, damit die Sache in Bewegung kommt!

A. P. Gute Idee! Ich würde überglücklich Platz machen für einen neuen Untersatz. In Ordnung! Wir haben ein Stück. Ich werde vorschlagen, wer welche Rolle übernimmt, und ich werde auch die anderen Aufgaben verteilen, und dann werden wir uns wieder treffen. In Ordnung allesamt?

(Gemurmel hungriger Zustimmung)

THYNN He, das ist prima, daß wir gerade jetzt fertig sind.

A. P. Warum?

THYNN Weil wir fast am Ende von ...

(Klick! da das Band zu Ende ist)

ZWEI

Rauch in unseren Augen

Jenes erste Treffen hinterließ mich, wie man sich ausmalen kann, ein bißchen als gebranntes Kind, aber als ich später nach Hause kam und mir Franks Stück genau ansah, fühlte ich mich ganz ermutigt. Es war genau das richtige. Anne und Gerald gingen ins Bett, wobei sie Unsinn redeten wie: „Gute Nacht, Herr Zadek!“ Ich aber blieb auf, um die Besetzungsliste für „Daniel in der Löwengrube“ auszuarbeiten. Zuvor, während des Essens, hatte ich Andromeda versprochen, ernsthaft ihren Vorschlag in Betracht zu ziehen, aus dem Stück ein modernes Gleichnis zu machen mit dem Titel „Daniella im Klub der Machos“, aber – ich muß doch bitten! Jedenfalls kam ich nach erklecklicher Denkarbeit mit folgender Liste zu Potte:

Erzähler:	Gerald Plass
Daniel:	Edwin Burlesford
König Darius:	Percy Brain
Diener:	Elsie Burlesford
Erster Löwe:	Charles Cook
Zweiter Löwe:	Vernon Rawlings
Dritter Löwe:	Stenneth Flushpool
Ein Engel:	Victoria Flushpool
Regisseur:	Adrian Plass
Schatzmeister:	Richard Cook
Prompter/Souffleur:	Leonard Thynn
Kostüme:	Mrs. Thynn & Norma Twill

Technische Effekte:	William Farmer
Maske:	Gloria Marsh

Andromeda war am Aufführungstag terminlich verhindert, wofür ich ein kurzes, aber sehr aufrichtiges Dankgebet gen Himmel sandte. Ich habe Andromeda sehr gern, aber ihre Anwesenheit wirkt überaus raumbeherrschend, wenn man versucht, etwas zu *tun*.

Was Stenneth als Löwen betrifft, gut, ich weiß, er hat keine große Show geboten, als er Elsies Löwengedicht rezitiert hat; aber ich spürte, wie sehr er dabeisein wollte. Außerdem hatte ich den Eindruck, daß sich jene Stelle, wo Victoria als Engel den Löwen gebietet, das Maul zuzumachen, sehr natürlich anfühlen würde – zumindest für ihn!

Am nächsten Tag rief ich den jungen William Farmer an, um mich zu versichern, daß er damit glücklich ist, für technische Effekte verantwortlich zu sein. Glücklich war gar kein Ausdruck! Er begann, in mir unverständlicher Weise von Rauchmaschinen, Farbgels und Spiegelkugeln zu schwärmen, was immer das sein soll. Ich stimmte einfach allem zu, was er sagte, und versprach, ihm ein Manuskript zu schicken und ihm mitzuteilen, wann wir uns wieder treffen.

Überraschenderweise war es Anne, die vorschlug, ich solle Gloria Marsh das Schminken überlassen. Sie sagte, Gloria müßte unbedingt einbezogen werden und würde bestimmt sehr hilfreich sein, weil sie früher einmal professionelle Maskenbildnerin gewesen ist. Ich finde Annes Einstellung gegenüber Gloria merkwürdig inkonsequent. Sie scheint ihre besonderen Ansichten darüber zu haben, auf welche von Glorias reichlich häufigen Hilfsgesuche ich positiv eingehen soll. Dann wieder besteht sie darauf, daß wir Gloria bei Belangen helfen, die ich nicht einmal bemerkt habe. Einmal bogen sich Anne und Gerald vor hilflosem Gelächter, als ich vom Telefon kam und sagte, Gloria hätte mich gebeten, ihr beim Stemmen einer sehr gewichtigen Büste zu helfen. Äußerst seltsam ...

Aber ich schweife ab. Tatsächlich besuchte ich Gloria am

Abend nach jenem ersten Treffen, und es freute sie ungemein, um Hilfe gebeten zu werden. Sie setzte mich vor einen Spiegel und demonstrierte auf meinem Gesicht die Art von Make-up, die sie benutzen wollte. Mir erschien es allerdings ziemlich schrill und aufdringlich, aber Gloria sagte, im Rampenlicht würde es ganz anders wirken. Danach hatten wir ein sehr angenehmes Kaffeestündchen.

Als ich ging, drückte sie mir die Hand wie ein Kind seinem Papi und fragte mich, ob ich ihr vergeben hätte, daß sie letztes Jahr so ein böses Mädchen gewesen ist, als sie unser Auto ausgeborgt und demoliert hat.[1] Natürlich vergab ich ihr als Christenmensch von ganzem Herzen und willigte gern in ihre Bitte ein, ihr den Wagen nächste Woche abermals zu überlassen.

Als ich auf dem Heimweg in die „Pferdekutsche" reinsah, verspürte ich in mir infolge der Begegnung eine außergewöhnliche Leichtigkeit des Seins. Als mir Ted, der Kneipenwirt, mein obligatorisches Pils zapfte, sagte ich feierlich: „Ted, ich fühle mich einfach *anders*!" Er starrte mich einige Augenblicke an und sagte dann: „Schnauze voll vom Versteckspiel? Endlich dein *Coming Out* gehabt?" In diesem Moment bemerkte ich mit Entsetzen, daß ich noch immer das Make-up trug. Es erübrigt sich hinzuzufügen, daß Anne und Gerald und Leonard Thynn fast starben vor Lachen, als ich *sehr* kurze Zeit später zu Hause ankam und erzählte, was passiert war.

Jedenfalls hatte ich die Besetzungsliste auf die Reihe gekriegt, und das war, was zählte. Am nächsten Morgen photokopierte ich im Büro das Manuskript und die Liste und schickte Kopien an alle Leute, die mit von der Partie waren. Ich fügte ferner den Hinweis an, daß am folgenden Montagabend ein Treffen aller nichtschauspielernden Mitwirkenden stattfinden sollte, und davon handelt das folgende Band in erster Linie. Es fängt allerdings nicht mit diesem Treffen an. Jeden Montagabend gegen halb sieben wird nämlich Leonard von seiner Mutter zu einer ziemlich obskuren religiösen Gruppe abge-

1 Siehe: Plass, Tagebuch eines frommen Chaoten.

schleppt, die sich „Die spezifischen Bulmeriten des Neunten Tages – Abteilung Baroneß von Wertley“ nennt. An besagtem Abend hatte Leonard seinen Kassettenrecorder dabei, und zwar aufnahmebereit für das anschließende Daniel-Treffen. Er muß irrtümlich die Aufnahmetaste betätigt haben, gerade als die „Botschaft“ anfing. Ich wollte sie eigentlich nicht nachschreiben, aber Gerald meinte, sie sei zu wundervoll, um weggelassen zu werden …

(Band beginnt mit dem gleichen Krachen und Zischen wie das letzte, gefolgt vom typischen Husten, Scharren und Murmeln einer wartenden Gemeinde)

PREDIGER *(mit flacher, monotoner, ziemlich mühseliger Stimme)* In einem Garten kann man so viele Lektionen lernen.

GEMEINDE *(ebenso flach)* O ja, im Garten. Amen, ja, wir bezeugen das etc.

P. Erst neulich beschnitt ich die Ligusterhecke, die unseren Garten von dem angrenzenden trennt. Ich kniff die überlangen Zweige ab, wobei ich unverbindlich mit einem Nachbarn plauderte, der kein Christ ist, als meine Leiter umfiel …

GEM. *(voller Mitgefühl)* Amen, Bruder …

THYNN Ha, ha! Ääh … ich meine: Amen, Bruder.

P. Als ich im Steingarten lag und mich krümmte, begriff ich, wobei ich einen leisen Krampf verspürte, daß mir gerade eine sehr wichtige Lektion erteilt wurde: nämlich, daß wir erwarten müssen, den Halt zu verlieren, sobald wir kneifen.

GEM. Amen! Danke Herr! Ja! etc.

P. Indem ich begriff, daß mir diese Offenbarung aus höherer Vorsehung zuteil wurde, holte ich aus der Garage eine Holzkiste, kletterte wieder hoch und zog Mr. Studeley abermals ins Gespräch. Diesmal wurde ich deutlicher. „Mr. Studeley“, verkündigte ich mit Festigkeit, „wir alle leiden infolge des Falls.“

GEM. Amen! Ja! Ach! etc.

P. „*Ich* nicht!“, erwiderte Mr. Studeley, „aber Sie bluten an drei Stellen.“ Als ich gerade dazu übergehen wollte, seine Fehldeutung meiner Aussage zu korrigieren, gab unglücklicherweise die Kiste, auf der ich stand, mit einem lauten Krachen wie von einem Pistolenschuß nach, und ich muß mit verblüffender Plötzlichkeit vor Mr. Studeleys Augen entschwunden sein.

THYNN Halleluja! Preis dem Herrn! *(mißbilligendes Schweigen ringsum)* Ääh, ich meine: Amen, Bruder ...

P. Die Ehrlichkeit gebietet mir, einzuräumen, daß ich abermals rückwärts in den Steingarten fiel, wobei ich um ein Haar der naheliegenden Versuchung erlegen wäre, die Ereignisse meines Lebens dem Zufall zuzuschreiben. Als ich jedoch in diesem Augenblick Mr. Studeleys Gesicht über der Ligusterhecke erscheinen sah, begriff ich, daß dies eine ideale Gelegenheit war, um Freude inmitten der Anfechtung zu demonstrieren. Ich wies also jene ketzerischen Anflüge von mir ...

GEM. Preis dem Herrn! Ja!

P. ... und entblößte meine Zähne zu einem freudigen Lächeln, wobei ich folgende Worte sang und dabei zu vermitteln versuchte, wie stark und geradezu beflügelt ich dank göttlichen Eingreifens bin. *(singt flach und freudlos)*

Ich bin so G - L - Ü - C - K - L - I - C H
Ich bin so F - R - O - H - O
Ich weiß genau
Und bin gewiß
Daß ich bin F - R - O - H - O - H - O - O.

Mr. Studeley sagte: „Auf den Kopf gefallen, was? Sieht so aus!“ Als er weg war, wandte ich den Blick von der Ligusterhecke ab, und dort, ein paar Zentimeter vor meinem Gesicht, offenbarte sich ein weiterer Hinweis auf den Grund meines Niederkommens. Da kroch nämlich ein demütiges Schnecklein, aber – und das war der springende Punkt – es hinterließ eine glänzende Spur. Welch treffendes Bild für das Christenleben!

GEM. Amen! Halleluja! Wir wollen demütige Schnecken sein für dich! etc.

P. Als meine Frau ein wenig später meine Wunden reinigte und verband, sagte ich zu ihr: „Frau! Du bist eine Schnecke unter den Weibern!" Sie hielt inne mit dem Verbinden und sagte: „Inwiefern, ich bitte dich, gleiche ich einer Schnecke?" „Es ist der Schleim!" rief ich bekräftigend. „Er glänzt!"

GEM. Amen! Laßt uns glänzen! Laßt den Schleim scheinen! etc.

MRS. THYNN *(sehr laut)* Hat er schon angefangen?

THYNN *(sehr leises Flüstern)* Dreh' dein Hörgerät auf „AN", Mutter, du hast die Hälfte verpaßt!

MRS. T. Schön, dann haben wir bloß noch die Hälfte vor uns.

P. Meine Frau ist ausgebildete Krankenschwester, deswegen vertraue ich darauf, daß sie einen hervorragenden Grund hatte, mein linkes Handgelenk an meinen rechten Knöchel und mein rechtes Handgelenk an meinen linken Knöchel zu binden, bevor sie ziemlich plötzlich verschwand. Doppelt gebunden hoppelte ich mit kleinen schlurfenden Schritten abermals in den Garten und balancierte vorsichtig am Rand des Rasens entlang, um weiterer Offenbarungen zu harren. Wieder erschien Mr. Studeleys Kopf über der Hecke. Er sagte: „Hab' mich gerade gefragt, wie's Ihnen wohl geht – was fummeln Sie denn da an Ihren Zehen rum? Heh! Ihre Arme und Beine sind ja verknotet! Wer hat 'n das gemacht?" Aus plötzlicher Inspiration heraus entgegnete ich: „Ich bin gebunden mit den Stricken des Geistes, während Sie in den Lüsten des Fleisches gefesselt sind!" „Ganz recht!" sagte Mr. Studeley, „vor allem, wenn ich abends von der Arbeit komm und so 'n richtiges Saftsteak auf'm Tisch steht. Kann ich nich' widerstehen. Lüste des Fleisches? Hätt' ich selber nich' besser sagen können!"

MRS. T. *(sehr laut)* Isser schon fertig?

THYNN *(laut flüsternd)* Bin nicht sicher!

P. Ich war unfähig, einem leicht depressiven Anflug zu widerstehen, als Mr. Studeley abermals verschwand; vor allem da in diesem Augenblick ein großer Apfel direkt auf meinen Hinterkopf fiel. Ein Augenblick der Besinnung jedoch offenbarte mir ein weiteres Mal, daß mir eine himmlische Botschaft zuteil geworden war. Ich lächelte voll dankbarer Einsicht, als ein größerer und noch schwererer Apfel meinen Kopf traf. Während ich seitwärts in den Steingarten sank, wußte ich ohne den Anflug eines Zweifels, daß meine Bemühungen um Mr. Studeley von *großer Frucht* gekrönt sein würden. Amen.

GEM. *(frenetische Reaktion)* Halleluja! Amen! O ja! Bringt mehr Frucht! Er sank, er sank! Kröne seine Mühe! Amen! etc.

P. Lasset uns nun Lied siebenhundertundzweiundfünfzig im „Liederbuch der Spezifischen Bulmeriten des Neunten Tages – Abteilung Baroneß von Wertley“ anstimmen: „Voll Jubel jauchzen wir und springen wir umher mit . . .“

(Band klickt)

(Nicht nur, daß Thynn gar nicht bemerkte, daß er während der Stunde mit den Bulmeriten sein Bandgerät an- und ausgemacht hat – als er beim Daniel-Treffen erschien, vergaß er, den Pausenknopf rauszunehmen, bis die Prozedur schon etliche Minuten vorangeschritten war. Deshalb fängt die Kassette mittendrin an, wo ich gerade Mrs. Thynn anschreie. Außerdem waren Leonard, Richard Cook, William Farmer, Gloria Marsh und Norma Twill anwesend, die eingewilligt hatte, sich um die Kostüme zu kümmern. Norma ist ein sehr hübsches, alleinstehendes Mädchen Mitte 20, das in einer Fabrik arbeitet, wo weiße und rosa Marshmallows hergestellt werden. Nicht, daß es von Bedeutung ist, wo sie arbeitet oder daß sie hübsch ist, natürlich. Ich erwähne es nur informationshalber . . .)

(Band setzt abrupt ein, als Tynn begreift, daß er vergessen hat, es anzustellen)

A. P. *(schreiend)* Ich sagte nicht: „Ich saufe viel und schnell"; ich sagte: „Ich brauche ein Löwenfell!" Weshalb um alles in der Welt sollte ich sagen, daß ich viel und schnell saufe? Alles, was ich von Ihnen will, ist, daß Sie zum Kostümverleih gehen und drei Löwenkostüme ausleihen! Drei Löwenkostüme! Das ist alles!

MRS. T. Ich finde, Gorillas jagen ei'm 'nen viel größren Schreck ein. Ich hatte mal 'nen Traum, wo dieser riesige haarige ...

A. P. Löwen, Mrs. Thynn! Es müssen Löwen sein!

MRS. T. Is' ja gut, Sie sind das Büro. Nehm' an, Sie wissen's am besten.

RICHARD Preis! Preis!

MRS. T. Häh?

RICHARD Preis! Preis!

MRS. T. Warum is' der plötzlich auf Anbetungstrip?

THYNN Ist er nicht, Mutter! Er meint, wir müssen auf den Preis der Kostüme achten!

A. P. Wir stehen gar nicht mehr ganz so schlecht da wie am Anfang. Edwin hat ein paar Gelder aus der Gabenkasse in unser Projekt umdirigiert. Wir haben zwar nicht genug Geld, um es zum Fenster rauszuschmeißen, aber wenn wir Sorgfalt walten lassen, wird es reichen. *(an Mrs. T.)* Von Ihnen, Mrs. Thynn, wollen wir nur, daß Sie dafür sorgen, daß die Kostüme bestellt und zum gegebenen Zeitpunkt abgeholt werden! In Ordnung?!

MRS. T. In Ordnung, bin doch nicht taub!

NORMA Und die andern willst du in schwarze T-Shirts und Strumpfhosen stecken, Adrian, stimmt's?

A. P. Das ist vollkommen richtig, Norma. Ganz genau. Und danke, daß du hier bist und einen solch unersetzlichen Anteil am Gelingen hast. Ja, schwarze Hemden und schwarze Strumpfhosen. Schließlich wollen wir ja originell sein, nicht wahr? Deine eigene Kleidung ist, wenn ich so sagen darf, Norma, ausgesprochen originell und attraktiv, ganz wie du selbst.

NORMA *(errötet hörbar)* Ääh ... danke. Müssen die schwarzen Dinger irgendwelche besonderen Eigenschaften haben?

RICHARD Preis!

MRS. T. Jetzt tut ihm schon den Gefallen und reißt die Arme hoch!

A. P. Die Antwort auf deine überaus intelligente Frage, Norma, lautet, daß die schwarzen Kleidungsstücke – abgesehen davon, daß wir, worauf Richard mit Recht hinweist, nicht allzu extravagant sein können – schlicht und einfach sein können und ääh ... schlicht. Ist das in Ordnung? Ich möchte, daß du dich ganz locker und glücklich fühlst angesichts der gewaltigen Verantwortung, die für uns auf dich zu nehmen du so freundlich zugestimmt hast. Nochmals vielen Dank für – nun, daß du einfach hier bist bei uns. Ist dein Stuhl auch wirklich bequem? Vielleicht wäre meiner ...

NORMA Nein, mir geht's gut, danke – wirklich.

A. P. Nun gut, wenn er unbequem werden sollte, laß es mich einfach wissen, und wir tauschen die Stühle.

THYNN Mein Stuhl ist unbequem. Laß uns doch ...

A. P. Halt den Mund, Leonard. Wir haben noch viel vor. Spiel dich nicht so auf. Jetzt ...

GLORIA Ich freue mich schon riesig darauf, Mr. Brain in Strumpfhosen zu sehen.

(Pause, in der sich jeder und jede vor seinem/ihrem geistigen Auge Percy Brain in schwarzen Strumpfhosen vorstellt)

A. P. Mmmm! Vielleicht notierst du besser neben Percys Namen „normale Hosen", Norma. Immerhin ...

THYNN ... wolln wir die Leute nich' in die Flucht treiben, bevor sie die Löwen sehen, oder?

A. P. Immerhin sehen Hosen genauso schön aus wie ääh ... Strumpfhosen. Jetzt ...

GLORIA Wenn ich mir Victoria Flushpool im Engels-Body vorstelle, läuft es mir über ...

THYNN Das wird der „Body“ auch tun.

A. P. Schnauze, Leonard! Ääh ... Norma, vielleicht solltest du lieber dafür sorgen, daß ein etwas ääh ... umfassenderes Kleidungsstück für Mrs. Flushpool zur Verfügung steht. Tut mir leid, daß ich dich so beanspruche. Danke, daß du so geduldig bist und ...

GLORIA *Dich* würde ich auch *liebend* gern in Strumpfhosen sehen, Adrian! Du nicht auch, Norma?

NORMA Na ja, ich weiß nicht – ich meine, sicherlich wäre es – ich meine ...

GLORIA Er hat die Figur dafür, nicht wahr? Die hast du nämlich wirklich, Adrian. O je, ich hab' doch nichts Böses gesagt, oder? Du vergibst doch deiner kleinen Gloria, wenn sie etwas gesagt, hat, was dich beleidigt, nicht wahr? *(mit Klein-Mädchen-Stimme)* Haue-haue für das kleine Glorbäckchen, wenn Papi möse mit ihr bis!

A. P. *(überwindet Lähmung)* Ääh ... Papi is bich nöse – ich meine, ich bin dir nicht böse, Gloria. Ääh ... könnten wir über das Schminken reden?

GLORIA O ja, natürlich! *(plötzlich geschäftsmäßig)* Na ja, ich denke, Gerald und Edwin und Elsie und Mr. Brain brauchen kaum mehr als eine einfache Bühnenmaske, so daß das kein Problem ist. Ich habe ein bißchen was zu Hause, aber ich nehme mal an, wir können mehr kaufen, wenn wir es brauchen?

A. P. Ja doch, solange der ...

RICHARD Preis! Preis!

MRS. T. Tun wir ihm doch endlich den Gefallen und singen 'nen fetzigen Chorus!

GLORIA Und die Löwen brauchen offensichtlich gar nichts, so daß wir vor dem einzigen wirklichen Problem stehen.

A. P. Das wäre?

GLORIA Was machen wir, damit Mrs. Flushpool wie ein Engel aussieht?

WILLIAM Warum haben Sie überhaupt *ihr* die Rolle gegeben, Mr. Plass?

A. P. *(elend)* Ich hatte die Wahl, ihr entweder zu sagen, daß sie nicht mitmacht, oder ihr zu sagen, daß sie einen Löwen spielt, oder ihr zu sagen, daß sie eine Männerrolle übernimmt, oder ihr den Engel zu überlassen. *(mit männlichem Ernst)* Ich fürchte ... *(Seufzer)*, ich habe den Schwanz eingezogen.

THYNN *(in verständnisvollem Ton)* Du hast den feigen und bequemen Pfad niedriger, gemeiner und jämmerlicher Weigerung gewählt, anstatt den klaren Weg der Pflicht einzuschlagen. Wer sind wir, um zu urteilen?

A. P. *(kalt)* Danke, Leonard!

THYNN Ja, es ist gut zu wissen, daß ein christlicher Bruder fähig ist, öffentlich zu bekennen, daß er ein erbärmlicher, wehleidiger, hasenfüßiger Wurm einer ...

A. P. In Ordnung, Leonard, das reicht – ganz herzlichen Dank. Können wir wieder zur Sache kommen? Wie machen wir Mrs. Flushpool zum Engel? War das die Frage?

THYNN Fall für 'nen Schönheitschirurgen, wenn ihr mich fragt.

A. P. Wir fragen dich nicht ...

NORMA *(sehr bestimmt)* Das ist sehr unfreundlich, wenn es Ihnen nichts ausmacht, daß ich das sage, Mr. Thynn. Es ist sogar unfreundlich, *wenn* es Ihnen was ausmacht, daß ich es sage. Mrs. Fluhspool zum Engel zu machen, das hat nicht nur was mit Kleidern und Schminke zu tun; das hat was mit Liebe und Zuwendung zu tun und daß man nette Sachen sagt und daß man nicht immer vornherum lieb Kind macht und hinter ihrem Rücken genervte Grimassen zieht. Wann ist zum letzten Mal jemand von uns bei Mrs. Flushpool vorbeigegangen, wenn es nicht unbedingt sein mußte? Wie viele von uns wissen, was wirklich in ihr vor sich geht? Was ihr weh tut, was ihr angst macht, was sie freut, was sie traurig macht? Sie ist eine sehr schwierige Frau. Das weiß ich auch. Natürlich weiß ich das. Aber ich weiß auch, daß Jesus niemand zum Engel gemacht hat, indem er ihn links liegengelassen hat oder gemeine Sachen über ihn gesagt hat, wenn er nicht da war. Und wir werden das auch nicht schaffen.

(Langes, betroffenes Schweigen)

A. P. Also ...

NORMA *(äußerst verlegen)* Ich – ääh – tut mir leid ... Ich hätte das nicht sagen sollen. Ich hatte kein Recht ...

A. P. *(ruhig)* Ich bin sehr froh, daß du es gesagt hast, Norma.

THYNN Mmmm ... wünschte, ich hätte das nicht gesagt über ääh ... Dingsbums.

WILLIAM Ja! Gut gesagt, Normi!

GLORIA Ein bißchen mehr Nummer acht, denkst du, Norma?

A. P. Du meinst Schminke Nummer acht?

NORMA *(sanft)* Ich denke, Gloria redet über die Gebote, Adrian.

A. P. Ach so!

RICHARD Sicherlich erzielen einige unserer Reaktionen auf Victoria bei ihr einen sehr negativen ... Preis!

MRS. T. Jetzt steht aber mal auf und singt mit ihm das Liedchen! *(Pause)* Sollten ja vielleicht wirklich 'n bißchen netter sein zu der alten Spinatwachtel – wenigstens probiern ...

(Kurzes Schweigen)

A. P. Vielleicht sollten wir mit dir weitermachen, Leonard.

THYNN *(fummelt an seiner Maschine herum)* Häh? Ach so! Ich. Bin der Prompter, nich'?

A. P. Bist du sicher, du kannst gleichzeitig einsagen und aufnehmen?

THYNN *(überlegt einen Augenblick)* Jawoll! Klar! Nullo problemo!

A. P. Und du willst es immer noch machen?

THYNN *(wie leicht gekränkt)* Natürlich will ich. Ich *bin* der Prompter!

A. P. Dann bist du ganz zuversichtlich?

THYNN Klar doch!

A. P. Keine Probleme?

THYNN Nö, keine!

A. P. Gut! Spitze!

THYNN Nur eine Kleinigkeit ...

A. P. Ja?

THYNN Was macht eigentlich ein Prompter?

A. P. *(schnaubend)* Er liegt auf dem Boden, während der Regisseur auf seiner Birne rumtrampelt, Leonard. Hast du wirklich keine Ahnung, was ein Prompter macht?

THYNN *(vage)* Ich dachte, das ist so 'ne Art Soldat.

A. P. Warum um alles in der Welt ...

THYNN Na ja, als ich so ungefähr sieben war und in die Große-Jungs-Schule ging ...

A. P. Große-Jungs-Schule, ja ...

THYNN ... bin ich zur ersten Probe von diesem Schulstück gegangen, das Miß Glanthorpe einstudiert hat ...

A. P. Miß Glanthorpe, ja ...

THYNN Ich habe Miß Glanthorpe *geliebt*!

A. P. Weiter, Leonard.

THYNN Na ja, ich kam ein bißchen zu spät, weil ich unterwegs noch mal für kleine Jungs mußte – so haben wir das nämlich immer genannt, weißt du.

A. P. Wirklich! Wie interessant ...

GLORIA Wie süß!

THYNN Jedenfalls, als ich ins Klassenzimmer kam, sagte Miß Glanthorpe: „Aber Lenny, du mußt PROMPTER sein, wenn du bei meinem Stück mitmachen willst." Dann hat sie mir 'ne Soldatenuniform gegeben, und drum dachte ich ...

NORMA Du dachtest, es heißt Soldat?

THYNN Ja. Tut's nicht?

NORMA *(auf Tränendrüse)* Ich denke, das ist eine ganz entzückende Geschichte. Ich seh richtig vor mir, wie der kleine Lenny antrottet, um beim Stück dabeizusein, und wie er ganz begeistert ist, als er seine kleine Soldatenuniform anziehen darf. O Leonard ...

GLORIA Und der Gedanke, ein Prompter ist ein Soldat! Wie süß!

WILLIAM *(schreit)* Und sind Sie hingegangen, um zu sehen, wie Leonard im Schultheater einen Soldaten spielt, Mrs. Thynn?

MRS. T. Häh? O ja, na klar bin ich hin! Er war der beste von allen. Besser als der Jüngste von dieser eingebildeten Zimtzicke Vera Ashby-Jones, dieser Alfred. Der mußte kotzen, genau als die Kamera seiner Mutter klick machte. Muß 'n dolles Bild gewesen sein. Hä-hä!

THYNN Was ist dann ein Prompter, wenn's kein Soldat ist?

A. P. Ein Prompter oder Souffleur, Leonard, das ist einer, der neben der Bühne sitzt und das Manuskript vor sich hat und den Spielern hilft, wenn sie ihren Text vergessen haben.

THYNN *(geistig verdauend)* Ich versteh' ... Aber dann, wenn

Miß Glanthorpe wollte, daß ich ein Prompter bin und den Leuten mit ihrem Text helfe ...

A. P. Ja ...?

THYNN Warum hat sie mich dann als Soldat verkleidet?

A. P. Nein, du verstehst nicht. Als sie gesagt hat, du sollst PROMPTER sein, meinte sie – also guck mal, ich erklär' dir das später, in Ordnung? Solange du bloß verstehst, was du im Stück zu tun hast. *Verstehst* du?

THYNN Ich sitze neben der Bühne ...

A. P. Auf der linken Seite ...

THYNN Ich sitze neben der Bühne auf der linken Seite, und ich habe das Manuskript vor mir, und wenn die Leute ihren Text vergessen, helf' ich ihnen ...

A. P. Indem du ihnen die ersten paar Worte der nächsten Zeile laut und vernehmlich zurufst.

THYNN ... indem ich ihnen die ersten paar Wörter der neuen Zeile laut und vernehmlich zurufe.

A. P. *(erleichtert)* Gut! Jetzt hast du's!

THYNN Na klar!

A. P. Gut. Jetzt, Richard, laß uns ...

THYNN Noch eins ...

A. P. Ja?

THYNN Wann krieg' ich meine Uniform?

A. P. *(wild)* Ich hab's dir soeben erklärt! Du kriegst keine ...

NORMA *(freundlich)* Leonard, mein Lieber, du brauchst keine Uniform, um Prompter zu sein – bloß ganz normale Kleidung, das ist alles.

THYNN *(schrecklich enttäuscht)* Ich hab' mich so auf die Uniform gefreut. Ich mag Uniformen. Hab' keine Uniform mehr angehabt seit fast ...

NORMA Adrian, könnte Leonard nicht eine Soldatenuniform tragen? Ich bin sicher, ich könnte ziemlich billig eine kriegen, und es macht doch eigentlich nichts aus, oder? Ich meine, es macht doch nichts, nicht wahr?

A. P. Natürlich, Norma, ich schätze dein Urteil über alle Maßen, aber es ist nicht ...

GLORIA *(schmeichelnd)* Och, Papilein, laß doch Lennilein einen großen Soldaten sein und seinem kleinen Glorbäckchen eine klitzekleine Freude machen!

WILLIAM Na los doch, Mr. Plass! Sagen Sie, daß Leonard eine Uniform kriegen kann. Na los doch!

A. P. *(mit der Stimme eines, der sich die Haare rauft)* Ich finde es sehr schwierig zu glauben, daß wir hier sitzen und darüber diskutieren, welche Art von Kostüm der *Souffleur* tragen sollte!

THYNN *(meilenweit entfernt)* Ich habe Miß Glanthorpe *geliebt* . . .

(Schweigen, während sich mehrere vorwurfsvolle Augenpaare in A. P. verbohren)

A. P. *(ein gebrochener Mann)* Also gut, Leonard kann eine Soldatenuniform tragen. Warum auch nicht? Warum sollten wir vernünftig sein?

(Geräusche allgemeiner Zustimmung und Zufriedenheit)

GLORIA *(flüsternd)* Dickes Bussilein hinterher für Papilein, weil er so ein dickes nettes Zuckerbaby ist!

A. P. *(alarmiert)* Ääh . . . das wird nicht nötig sein, Gloria, recht vielen Dank. Wenn wir uns jetzt einen Moment den Finanzen zuwenden könnten. Wie ihr wißt, hat Richard freundlicherweise zugestimmt, für die Dauer des Projekts unser Schatzmeister zu sein, wobei er Mittel aus dem neu eingerichteten Unterhaltungsfonds einsetzt. Richard hat zu diesem Behuf bei einer der örtlichen Banken ein Sonderkonto eröffnet, und ich glaube, sie haben dir jetzt ein Scheckbuch zugestellt, stimmt das, Richard?

RICHARD Die besagte Bank hat mich nunmehr in der Tat mit einem Scheckbuch ausgestattet, das dem oben erwähnten Konto zugeordnet ist, und ich bin aus diesem Grunde in die Lage versetzt, Abhebungen vorzunehmen, falls und wenn sich dies als erforderlich und im Einklang mit der

Weise erweisen sollte, in welcher uns der Herr eines Einblicks in Seine Führung und Seinen Willen würdigen wird.

MRS. T. Häh?

THYNN Er sagt, die Kohle kommt rüber, Mutter.

RICHARD Ganz im Gegenteil, Leonard. Die „Kohle" kommt mitnichten „rüber". Wir haben kürzlichen Bilanzierungen zufolge auf oben erwähntem Konto die Summe von fünfundsiebzig Pfund deponiert, und mir ist die Haushalterschaft über diese Summe auferlegt. In einem Traum letzte Nacht vermeinte ich eine Warnung bezüglich der Gefahren unwürdigen Geldausgebens empfangen zu haben. Es ist mir ein Anliegen, diesen Traum zu diesem Zeitpunkt mit euch zu teilen.

A. P. Muß das jetzt sein? Wir haben wirklich keine ...

RICHARD *(in prophetischem Tonfall)* Ich sah etwas wie einen mächtigen Schwarm von Ameisenbären in Formation durch die Lüfte fliegen. Und siehe, eine Stimme sprach zu den Menschenkindern und sagte: „Rühret diese Ameisenbären nicht an über das hinaus, was ihr zur Notdurft und Nahrung eures Leibes und Lebens bedürfet. Denn diese sind Meine eigenen Ameisenbären, ausgesondert zu Meinem Gebrauch." Und da ich noch hinsah und mich verwunderte, schossen etliche Männer mit Malvenbögen und Pfeilen auf die Ameisenbären und holten etliche von ihnen vom Himmel zur Notdurft und Nahrung ihres Leibes und Lebens und der ihrer Hausgenossen und Beisassen, aber eine erkleckliche Zahl blieb übrig, und siehe, es war in all diesem keine Verdammnis. Da sagte einer, der nahe dabeistand: „Weshalben sollten wir diese Ameisenbären nicht anrühren über die Notdurft und Nahrung unseres Leibes und Lebens hinaus? Siehe, es existieret ein ansehnlicher Markt für Ameisenbären-Felle, nicht zu erwähnen den hübschen Schnickschnack, der aus ihren Zähnen sich fertigen läßt." Und dieser eine begann, seine Pfeile zu senden in mächtiger Anzahl, bis Ameisenbären zu regnen es schien, und groß war der Fall, den sie taten, bis daß sie lagen als mächtige Decke über dem Land und keine Ameisenbären mehr flogen in späteren Zeiten. Und dieselbe Stimme erhob sich und sprach: „Wo sind Meine Ameisenbären, ausgesondert zu Meinem Gebrauch? Warest du's nicht zufrieden, nur jene Ameisenbären zu nehmen, derer zur Notdurft und Nahrung des Leibes und Lebens du durftest? Weshalb hast du von den Ameisenbären genommen, die Meine Ameisenbären waren, ausgesondert zu Meinem Gebrauch?" Und Der, Der da sprach, geriet in grimmigen Zorn und sandte eine Plage grüner Springmäuse gegen den, der da gesündigt hatte. Ich wachte auf nach einem weiteren kurzen Traum, in dem ich in eine Wanne voller Smarties stieg, wobei ich ein Batman-Kostüm anhatte.

(Betäubte Stille, während der sich der Leser/die Leserin A. P. vorstellen muß, der seinem Glücksstern dankt, daß Gerald nicht anwesend ist)

A. P. Also ... Ich bin sicher, wir alle werden uns die Warnung zu Herzen nehmen, keinen einzigen Ameisenbären – ich meine, kein einziges Pfund – zu verprassen. Danke, Richard! Unsere Parole lautet also ...

RICHARD Preis! Preis!

MRS. T. Halleluja! Amen!

A. P. Okay! Alle anstehenden Ausgaben sollten erst mit mir beredet werden. Nach meiner Zustimmung geht ihr zu Richard und holt das Geld ab. Noch Probleme? Keine? Gut! William, du sitzt geduldig da, seit wir angefangen haben. Kommen wir jetzt zu dir. Edwin übernimmt die Verantwortung für die Bühnentechnik insgesamt, für die Requisiten und das alles. Du bist vor allem für den Sound und alle Spezialeffekte zuständig, die dir einfallen.

WILLIAM Super! Ääh ... du hast die Beleuchtung nicht erwähnt. Wie steht's mit der Lichtorgel und den Spots und den Gels und der Spiegelkugel und den Röhrenblitzen und den Fresnells und den Follow-Spots ... und den Baby-Spots ...?

A. P. Tut mir leid, aber im Saalbau gibt's offensichtlich so eine Art Phantom-der-Oper-Tpyen, der den Lichtschrank den lieben langen Tag hütet – und die ganze Nacht ebenso, soweit ich weiß – und der die Sau rausläßt, wenn jemand auch nur erwähnt, daß er das Licht anfassen will. Wir können ihm ein Manuskript schicken und ein paar Vorschläge, aber das ist wohl schon alles. Ich fürchte also, für dich bleiben bloß der Ton und die Effekte.

WILLIAM Schande! Elsie und ich haben gerade ein Buch über einen Mann in Südostasien gelesen, der erlebt hat, wie sich allein durch die Licht-Arrangements in der Versammlungshalle Woche für Woche 2000 Menschen bekehrt haben, und wir dachten ...

A. P. *Ausschließlich* Ton und Effekte, William ...

WILLIAM Na gut, reg dich nicht auf. Ich kann ja auch einen echt guten Soundtrack machen mit Donner und Löwengebrüll, und wir könnten einige Effekte einbauen wie Rauch und Leute, die auf der Bühne gleichsam zu glühen anfangen – und so.

A. P. Genau! Also, ich denke, wir machen jetzt am besten so weiter, daß ich das ganze Ding vorlese, und du kannst alle Ideen äußern, die dir im Verlauf kommen. In Ordnung, William?

WILLIAM Super! Spitze!

A. P. So weit, so gut. Also, es fängt damit an, daß König Darius nach vorn kommt und das Publikum anspricht. So geht es los: *Darius: Ich Herrscher bin beherrscht von denen ...*

WILLIAM Ich sehe Rauch an dieser Stelle! Dicke, flockige Rauchklumpen, die die Erscheinung des Königs überwabern!

A. P. Ääh ... gut, ich notiere das. Ich fang noch einmal an, ja? Ich bin nicht allzu ääh ... weit vorangekommen, nicht? Also, noch mal von vorn:

Darius: Ich Herrscher bin beherrscht von denen, die nicht rasten,
Vor Eifersucht und Gier nach Ehrenposten.
Sie sind wie Löwen – nicht aus Hungerschmerzen,
Nein, Habsucht, Machtsucht wohnt in ihren Herzen.
Welch dunkle Stunde, als ich dies Gesetz erließ,
Das meinen treuen Diener ins Verderben stieß.
Verblendet ließ ich mich betrügen,
Sah nur auf meine Größe, sah nicht ihre Lügen.
O Gott des Daniel, beschütze Deinen Sohn,
Laß das Gesetz nicht siegen, den Gerechten schon'!
Kein Schlaf für mich, kein Friede, keine Ruh',
Ich opferte den Besten und ließ das intrigante Spiel
der Schlimmsten zu.

Dann kommt Gerald, und Darius tritt beiseite, wobei er ganz tragisch und belastet aussieht, und Gerald sagt ...

WILLIAM Ich seh' das als einen Moment, wo – also, die Tragik des Augenblicks würde am besten unterstrichen werden durch Donner – und Rauch! Massen von grauem, mysteriösem Rauch, der über den Bühnenboden kriecht, so richtig ääh ... mysteriös!

A. P. *(zweifelnd)* Noch *mehr* Rauch?

WILLIAM Selbstredend! Total wirkungsvoll!

A. P. Mmmm ... Na ja, wir können darauf zurückkommen. Wie gesagt kommt jetzt Gerald zur Bühnenmitte und spricht. Er ist der Erzähler.

Erzähler: Schmerz ist schärfer als Bedauern,
Tod hält länger an als Reue,
Heute wird Darius trauern.
Morgen lebt vergessend er aufs neue.
Daniel blickt angstvoll auf sein Sterben,
Unter ihm, gleichgültig, tobt die dunkle Flut.
Flut der Furcht will ihn verderben,
Noch bevor der Tod ihn wirklich frißt mit Fleisch und Blut.

Dann deutet Gerald nach hinten, und es erstrahlt gerade genug Licht – das heißt, falls wir das Phantom der Oper auf unsere Seite kriegen –, um drei Löwen zu zeigen, die sozusagen leise knurrend im Dämmer umherschweifen. Noch kein Zeichen von Daniel. Darius wendet den Kopf und beobachtet die Löwen, während Gerald seinen nächsten Absatz spricht, nur daß der Rhythmus sich ändert – intensiver und ein wenig schneller . . .

Erzähler: In der Grube . . .

WILLIAM Kann ich einen Augenblick unterbrechen?
A. P. Ja?
WILLIAM Ich hatte gerade eine Idee.
A. P. Nämlich?
WILLIAM Rauch!
A. P. Schon wieder Rauch?
WILLIAM Natürlich, während die Spannung steigt, lassen wir ekelerregende Schwaden von schwarzem Rauch los, die die satanischen Einflüsse symbolisieren, welche . . .
MRS. T. Weiß gar nicht, warum ihr nich' gleich den ganzen Laden anzündet und fertig! Dann habt ihr genug Rauch . . .
GLORIA Ooooh, lacht doch Williams Einfall nicht aus! Ich finde, Rauch ist eine phantastische Idee, Willilein, mein Schatz.
WILLIAM *(lautstark erblassend)* Aber ich hab' doch bloß gedacht . . .
A. P. In Ordnung, ist bereits alles notiert. Schwarzer Rauch – in Ordnung. Jetzt also Geralds nächste Passage:

Erzähler: In der Grube, angefüllt mit Knochen und Gebein
Wo die Löwen brüllen und verlorne Menschen schrein,
Wo der Mensch, der glaubt, sein Leben sei sein Gott,
Beide: sich und Gott, verliert im Rachen grauser Todesnot,
Wo der Glaube nur die Starken hält,

Wenn der Löwen Gier ihr Leben fällt.
Darius: (wendet sich dem Publikum zu)
O Daniel, erlöse mich von meiner Sinne Wahn!
Und fleh' zu deinem Gott, daß er mich gnädig sehe an,
und einen Regen der Vergebung sendet,
das Feuer und den Wahn in meinem Kopf beendet!

WILLIAM Stopp. Ein grandioser Einfall! Regen plus Feuer ist gleich Dampf, nicht wahr? Wir könnten das darstellen, indem wir ...

A. P. Rauch?

WILLIAM Genau! Wie konntest du das ahnen?

A. P. Rateglück, nehm' ich an. Gut, jetzt kommt der Diener herein. Das ist Elsie. Sie muß nur wenig sagen, aber es ist genauso wichtig. Sie tritt zu ihrem Herrn Darius und spricht ihn an.

Diener: Du, Meister, batest mich zu warten, um zu sehen
Und dir zu melden, was mit Daniel geschehen.
Gerade eben warf man in der Grube ihn den Löwen vor.
Kein Laut der Klage drang aus seinem Mund und an mein Ohr.
Darius: Gott, errette Deinen Diener! Du nur kannst es machen!
Befreien kannst nur Du vom Todesrachen!

Daraufhin fällt Darius auf die Knie und verbleibt mehr oder weniger in dieser Stellung und im Gebet, während der Diener nochmals hingeht, um zu sehen, ob es weitere Neuigkeiten gibt. Dann sehen wir Daniel, dargestellt von Edwin, der langsam auf die Bühne kommt, und er steht einfach da und blickt die Löwen an, wobei sein Rücken dem Publikum zugewandt ist, während Gerald den nächsten Abschnitt spricht:

Erzähler: Dies ist der Moment, der Test,
Daß Jahwe seinen Diener nicht verläßt.
Daniel steht vor den Löwen und vertraut

Wie ein Kind, das in die Augen seines Vaters schaut,
Ganz bereit, sich ganz zu geben,
So im Sterben wie im Leben.

In diesem Stadium nun werden die Löwen wirklich wach und fangen an, ein bißchen bedrohlich auszusehen – schweifen irgendwie hungrig umher, beäugen Daniel, als könnte er ein leckeres Abendessen abgeben. An dieser Stelle, William, könnten wir vielleicht jede Menge von ...

WILLIAM Rauch?

A. P. Nun, ich wollte eigentlich sagen – jede Menge von echtem Löwengebrüll auf Band brauchen. Ich glaube, Stenneth und Vernon und Charles dürften kaum sonderlich glaubwürdig wirken, wenn sie plötzlich anfangen, wenig überzeugende Brüll-Laute auszustoßen. Und zusätzlich könnten wir auch noch einen echt dramatischen ...

WILLIAM Rauch! Nur weiter!

A. P. ... echt dramatischen Donnereffekt gebrauchen.

WILLIAM Ach so ...

A. P. Der könnte eine Atmosphäre der Gefährdung und des drohenden Todes herstellen.

WILLIAM Also paß mal auf, darf ich auch mal 'nen Groschen in die Obstmaschine stecken und sehen, ob Grapefruits rauskommen?

A. P. Ääh ... ja. Ich nehme an ...

WILLIAM Ich habe mich eben gefragt *(als wäre das bis dato nie erwähnt worden)*, was du an dieser Stelle von *Rauch* hältst. Zusätzlich zu dem Gebrüll und dem Donner würde doch eine Art feindselig wirbelnde gelb-schwarze Rauchgardine echt was hermachen, oder?

A. P. Ein bißchen Rauch könnte schon passen, William, aber wir wollen doch, daß das Publikum auch noch mitkriegt, was auf der Bühne passiert, nicht wahr?

WILLIAM Logo! Natürlich! Also: hier dann *Rauch* – ich markiere es auf meinem Manuskript. Super!

A. P. Jetzt zum Gebrüll und zum Donner ...
WILLIAM ... und zum Rauch ...
A. P. ... und zum Rauch auch, ja. Das alles dauert ein bis zwei Minuten, während Daniel still auf die Knie fällt, wobei er diesmal das Publikum ansieht, und er betet offensichtlich ganz ruhig, während gleichsam von hinten der Tod auf ihn lauert. Dann legt sich der Lärm ein wenig, während Daniel spricht:

Daniel: Herr im Elend, Freund im Leid,
Ganz in Deiner Hand ist meine Zeit.
Du kannst nehmen, Du kannst geben,
Laß mich sterben – oder leben . . .

Dann senkt Daniel den Kopf und wartet darauf ...
MRS. T. Gefressen zu werden.
A. P. Ääh ... gefressen, ja, oder was auch immer, aber genau da ...
NORMA Ooooh, Adrian, das ist so aufregend, nicht? Ich krieg' 'ne richtige Gänsehaut, wenn ich dran denke, wie plötz-

lich Löwen über mich herfallen würden. Du nicht auch, Gloria?

GLORIA Ooooh, und *wie*!

A. P. Sei es, wie es sei, jedenfalls da ...

THYNN Denkst du, daß es wahr ist?

RICHARD Daß was wahr ist?

THYNN Daniel und die Löwen und das ganze – der Feuerofen und so. Glaubst du, das stimmt?

A. P. Ich frage mich, ob wir diese Debatte nicht aufschieben ...

RICHARD *(zutiefst entsetzt)* Natürlich ist es wahr, Leonard! Die Geschichte von Daniel ist Teil der Heiligen Schrift, des inspirierten Gotteswortes! Jesus selbst zitierte die Schrift und ...

WILLIAM Ich habe gerade von einem Mann aus Mauritius gelesen, der durch ein Semikolon im 3. Buch Mose bekehrt worden ist. Matthäus 5,18 steht, jedes einzige Jüta und Tattel ...

THYNN Heißt es nicht Jato und Tüttel?

NORMA Ich dachte, Tüta und Jottel?

GLORIA Und ich Tota ...

WILLIAM Jedes bißchen steht da, weil es da sein soll, und das ist es!

RICHARD Die Autorität der Schrift ist absolut! Sie ist ein unerschütterlicher Fels!

THYNN Dann darf man also nich' mal fragen, ob's stimmt oder nicht?

GLORIA Oh, do ...

RICHARD Nein!

NORMA *(schüchtern)* Ich denke, wir dürfen alles fragen, was wir fragen wollen. Wirklich. Edwin sagt immer ...

THYNN *(sich erinnernd)* Ach ja ...

NORMA Edwin sagt immer, die Bibel ist ein Brief Gottes an uns. Er sagt, er fängt mit „Liebe Norma", „lieber Richard" oder „liebe Gloria" an und hört mit „Alles Liebe, Gott" auf, und daß Gott wollte, daß alles drin steht, egal, was man davon hält.

RICHARD Nun ja ... aber das ließe auch ein paar Liberale mit durchflutschen, nehme ich an. Die Bibel ist die Bibel in meiner Sicht!

THYNN Mein Kusin, Finnegan Thynn, hat ein Jahr damit zugebracht, heimlich Bibeln aus China *rauszuschmuggeln*, bis er es jemand erzählt hat und sie ihn zurechtgestutzt haben. Er wunderte sich immer über die wundersame Weise, warum die Grenzer nich' mitgekriegt haben, was er dabei hat, und als ...

GLORIA Lenni, Süßer, ich denke, jetzt spinnen wir aber ein bißchen Seemannsgarn, oder?

MRS. THYNN Na klar macht er das! Kann mir nich' vorstell'n, daß ein Thynn so blöd sein könnte! Ich denke, die Bibel is' ein gutes ...

A. P. Vergebt mir, daß ich diese faszinierende theologische Debatte unterbreche, aber es gibt da noch so eine winzige Sache, die mit einem Theaterstück zu tun hat und die noch nicht zu Ende ist.

('tschuldigung-Gemurmel etc.)

WILLIAM Kann ich bloß ...?

A. P. Nein, William, es wäre mir lieber, du würdest nicht. Wie ich bereits vor sehr langer Zeit sagte: In diesem Augenblick, als Daniel mit seinem Text gerade fertig ist und das Brüllen und der Donner ...

THYNN Und der Rauch!

WILLIAM Danke, Leonard!

THYNN Keine Ursache, William!

WILLIAM Ich weiß es zu schätzen.

THYNN Es war wirklich bloß ...

A. P. ... das Brüllen und der Donner und der ...

A. P./THYNN/WILLI ... Rauch ...

A. P. ... nehmen zu an Intensität, bis von der Seite her eine Figur in die Löwengrube tritt, und das ist Mrs. Flushpool, der Engel. Sie bewegt sich langsam zwischen den Löwen umher, berührt im Gehen jeden einzelnen am Kopf, und sobald sie sie berührt, setzen sich sich auf die Hinterbeine und schnurren wie Katzen. Und das Brüllen und der Donner ersterben völlig, bis alles still ist. Dann steht Daniel auf, wendet sich dem Engel zu und sagt ...

WILLIAM Der Rauch bleibt aber doch, oder?

A. P. Wie bitte?

WILLIAM Du hast gesagt, das Gebrüll und der Donner ersterben, aber du hast den Rauch nicht erwähnt. Ich finde, es ist eine großartige Idee, den Rauch beizubehalten. Wir könnten an dieser Stelle weichen, sanften Rauch Marke „Alles-ist-in-Ordnung“ einsetzen, nicht wahr. Das könnte ...

A. P. *(ruhig)* William?

WILLIAM Ja?

A. P. Sei nicht albern.

WILLIAM In Ordnung ...

A. P. *(zu sich selbst murmelnd)* Rauch Marke „Alles-ist-in-Ordnung“! Alles, was recht ist! *(normaler Tonfall)* Daniel steht auf, wendet sich dem Engel zu und sagt:

Daniel: Gott zu Ehren will ich singen,
Denn der Schrecken ist vorbei,
Ihm allein mein Lob darbringen,
Seine Macht macht wirklich frei!

Und der Engel antwortet ihm:

Engel: Diener Gottes, keine Bange!
Liebe, Freude, Friede sind mit dir!
Denn dein Herr säumt nie zu lange.
Sieh: Sein Engel ist schon hier.
Wilde Tiere – sanft wie Lämmer
Liegen sie und rühr'n sich nicht.
Schlaf auch du, und dann beim Morgendämmer
Tritt beherzt vor des Darius Angesicht!

Dann entschwebt der Engel, und alles wird dunkel – sofern das Phantom mitspielt. Wenn das Licht wieder angeht, sind die Löwen und Daniel fort und nur noch Darius da, der nach Daniel ruft.

Darius: Gottes Diener, hör mein Flehen!
Sah dein Gott dich gnädig an?
Darf auch ich lebendig dich noch sehen?
Daniel, ich bitt' dich: sprich mich an!

Dann erscheint Daniel:

Daniel: Langes Leben dir, du großer König!
Gottes Engel hat auf meine Not geschaut.
Gegen Gott vermag das Böse wenig.
Sieger bleibt am Ende, wer nur Ihm vertraut!
Selbst die wilden Löwen mußten weichen,
Sanft berührt von Engelshand.
Glücklich steh' ich hier vor dir zum Zeichen,
Daß bei Gott ich meine Hilfe fand.

Die letzte Rede kommt dann von Darius:

Darius: Solch ein Gott braucht viele Leute,
Die ihn ehren. Deshalb höre meinen Eid:
Alle Seelen dieses meines Landes solln ab heute
Gottes Namen loben – jetzt und allezeit!

Und das ist es! Donnernder Applaus, wir gewinnen den Preis und gehen alle nach Hause. Okay?

(Pause)

THYNN Ich habe Miß Glanthorpe wirklich, wirklich *geliebt . . .*

GLORIA Jota und Tüttel! Das ist's! Jota und Tüttel! Ich hab's!

A. P. *(argwöhnisch)* Ihr habt alle das Spiel angehört, ja?

NORMA *(ernst)* Aber ja doch, Adrian. Und es ist wirklich gut! Mr. Braddock ist ja soo gescheit! Wir alle haben das Zuhören ungemein genossen.

A. P. Vielen Dank, Norma, und ich habe es genossen ...

MRS. T. Isser endlich fertig mit dem ollen schimmligen Stück?

WILLIAM Es ist kein olles schimmliges Stück, Mrs. Thynn! Es ist absolut erste Sahne! Ich rufe sofort, wenn ich nach Hause komme, den Bühnenausstatter an und buche eine Rauchmaschine!

A. P. *(hastig)* Wir haben noch nicht genau abgemacht, an welchen Stellen wir Rauch einsetzen, verstanden, William? Behalt' das im Kopf, ja?

WILLIAM Gebongt! Keine Angst, ich sorge schon für genügend Rauch!

A. P. Das ist eigentlich nicht – ach, vergiß es! Ich ruf' dich später an, und wir reden noch mal drüber. Allen anderen alles klar?

(Chor aus „Logo", „jawoll", „na klar" etc.)

MRS. T. Wie viele Tigerfelle?

A. P. LÖWENFELLE! DREI LÖWENFELLE! OKAY?!!

MRS. T. Mein' ich doch – Se müssen ja nich' gleich komisch werden, ich hol sie ja!

A. P. Gut! Norma? Richard? William? Gloria? Leonard? Fragen? Nein? Gut, ich laß euch wissen, wann das nächste Treffen stattfindet. Danke fürs Kommen.

(Papiergeraschel und Abschiedsgeräusche, bis nur noch A. P. und THYNN übrig sind. THYNN gibt eine Art Schnief-Geräusch von sich)

A. P. *(sanft)* Leonard, was ist? Du bist nicht ...?

THYNN M - M - M - Miß G - G - G - Glanthorpe! Ich v - v - v - vermisse sie so!

A. P. *(aus ziemlich tiefer Tiefe)* Aber Leonard, das ist doch Jahre und Jahre her. Sie muß schon ...

THYNN Sie hat mir immer gesagt, daß ich gut war bei Sachen. Das hat mir gefallen. Ich hatte vergessen ...

(Lange Pause)

A. P. Ääh ... soll ich mit dir beten, Leonard?

THYNN Du meinst zu Gott?

A. P. Ääh ... ja, zu Gott.

THYNN Ja, bitte.

A. P. In Ordnung, aber laß uns erst das Ding ausstellen.

THYNN Ach ja. Hätte ich fast vergessen ...

(Klick!)

DREI

Eine Giraffe namens Mr. Major

Das zweite Treffen lief gar nicht so übel, aber es hinterließ bei mir doch ein oder zwei böse Vorahnungen. William sah das Ganze offenkundig als eine Art fortwährende Räuchershow, die bisweilen von Schauspielern unterbrochen wird, die durch den Nebel hindurch nach dem Publikum spähen, bei dem sie ihren Text abliefern sollen. Ich hatte das schreckliche Gefühl, daß ich Meister Farmer gegenüber eine sehr bestimmte Hand zeigen sollte. Sonst würde man womöglich den Titel ändern müssen in „Daniel geht im Dampfbad verloren“ oder „Daniel in der Räucherkammer“.

Meine zweite Sorge galt Mrs. Thynn. Ihre unglaubliche Begabung, den Stock immer am falschen Ende zu fassen zu kriegen (eine Begabung, die Leonard in geradezu geklontem Ausmaß ererbt hat – ich persönlich sehe keinen Grund, an der Story von Finnegan Thynn zu zweifeln), könnte zum Problem werden, so simpel ihr Auftrag auch sein mochte. Ansonsten war ich ziemlich zufrieden. Ich begann sogar, mich in kleinen Tagträumereien zu verlieren, in denen mir die Leute nach der Vorstellung die Hand schüttelten und Sachen sagten wie: „Dies ist ohne Zweifel ein ganz gewichtiger Beitrag zur Welt des christlichen Dramas.“ Und ich würde Sachen sagen wie: „Zuviel der Ehre, ich hatte daran nur minimalen Anteil“, und sie würden mich, ziemlich beeindruckt von meiner stillen Bescheidenheit, anlächeln – wohl wissend, daß ich in Wirklichkeit der *Mittelpunkt* des gesamten Projekts war. Es war ein sehr angenehmes, herzerwärmendes Bild. Hätte ich gewußt, was wirklich passieren würde, hätte ich gemeinsam mit Geralds Freund Gary die Schiffsreise gebucht und etwas ähnlich Aussichtsreiches unternommen wie Grönland zu bekehren. Ohne die Gabe zu besitzen, die Zukunft vorauszusagen, eilte ich jedoch in naivem Optimismus weiter voran.

Leonard fragte mich, ob ich am nächsten Abend vorbeikommen könnte, damit wir üben „ein Prompter zu sein", und dabei wurde das nächste Band, ein kürzeres, produziert. Als ich ankam, sagte er, daß er gerade ein Gebet für die Aufführung aufgenommen hat und ob ich es hören will. Das war es.

THYNN *(schreit)* Ich nehm' bloß was auf, Mutter!

MRS. T. *(entfernte Stimme, wahrscheinlich in der Küche)* Wieso soll ich Butter kaufen? Is' noch genug da!

THYNN *(lauter)* Nein, Mutter! Ich habe gesagt, ich nehme ein Band auf!

MRS. T. Wo ist kein Sand drauf?

THYNN *(beinahe schreiend)* ICH MACHE EINE TONBANDAUFNAHME! BITTE STÖR MICH NICHT!!!

MRS. T. Warum soll ich Wicht nicht röhren? Wie redest du überhaupt mit deiner Mutter? Spinnst du oder was?

THYNN *(tatsächlich schreiend)* ICH NEHME GERADE ...!! Warte, ich komm' zu dir ... *(sehr schwaches Murmeln, während er geht)* Ich würde nur sechs Jahre kriegen wegen guter Führung ... *(redet laut in der Ferne)* Mutter, ich will etwas auf Band aufnehmen. Würde es dir was machen, mich nicht zu stören?

MRS. T. 'türlich nich'. Warum hast'n das nicht gleich gesagt?

THYNN *(abermals murmelnd, während er ins Wohnzimmer zurückgeht)* Hab' ich ja, du taube olle N ... Person. *(Geräusch einer Tür, die zugemacht wird)* Gut, jetzt kann ich mit dem Beten anfangen. Im Sitzen oder kniend? Ich denke, ich sitze. Man soll für sich selbst keine sinnlosen Regeln aufstelln. *(Quietschen von Sessel-Sprungfedern, gefolgt von einer Pause)* Andrerseits kann Knien auch nicht schaden. Vielleicht ist's ja Hochmut, wenn ich denke, ich kann sitzen, und andre Leute, die besser sind wie ich, knien ... *(weiteres Quietschgeräusch des Sessels, während sich Thynn hinkniet. Pause)* Ich weiß auch nicht – Edwin hat neulich gesagt, das wichtigste ist, daß man sich wohl fühlt, und meine Beine schlafen ein, wenn ich lange Zeit rumknie. Denke, ich steh' auf. *(Pause und leise Brumm- und Ächzgeräusche, bis Thynn auf die Füße kommt)* Mist! Ich komm' nich' zur Ruhe, wenn ich steh'. Vielleicht könnte ich auf dem Boden sitzen und den Kopf auf'n Sessel stützen – nee, ich schlaf' sofort ein, wenn ich das mache. Vielleicht hock' ich mich auf'n Boden mit'm Rücken an die Wand gelehnt ...

MRS. T. *(in fernen Fernen)* Adrian wird gleich hiersein! Biste schon fertig?

THYNN *(kreischende Sprungfeder, als sich Thynn in den Sessel fallen läßt)* 'tschuldigung, Gott! Ich fang lieber an, sonst is' keine Zeit mehr. Es ist ääh ... bin wieder mal ich, Gott. Thynn – Leonard Thynn, Postgate-Weg 35, direkt hinter dem „Haupt des Königs" und zweite Straße rechts, wenn du um den Teich rumgehst. Ich ääh ... hoffe, meine Stellung is' in Ordnung – nich' zu ääh ... bequem oder ääh ... arrogant. Ich könnte knien, wenn du willst, oder dahocken oder über die Rückenlehne des Sessels hängen mit dem Kopf auf'm Boden oder sonst was. Hoffe, dir macht's nichts, daß ich dich schon wieder belästige, aber ich fühl' mich 'n bißchen ääh ... komisch, und da dachte ich, ich mach's einfach. Dich belästigen, meine ich. Bin gestern 'n bißchen durch'nander geraten, als ich nachgedacht hab' über – gedacht an – na ja, als ich an Miß Glanthorpe gedacht hab' und wie ich klein war und so. Mußte an so Sachen denken. An mich. Sachen in der Vergangenheit, Gott. Daß ich nie viel gemacht hab' – gewesen bin. Mußte an den ollen Fusel – Schnaps – Alk denken. War in letzter Zeit gar nich' so schlecht drauf. Hab' fast vergessen, wie's im ollen „Haupt des Königs" von innen aussieht. Ich nehm' immer den längeren Weg, um nich' bei „Wallys" vorbeizumüssen. Hab' schon 'ne ganze Weile keinen Drink mehr gehabt. Nich', daß ich nich' gern einen hätte. O *Gott*, und ob ich einen will! Krieg' mich auch manchmal mit meiner armen ollen Mutter in die Haare. Nehm' an, du kriegst ihre Ohren auch nich' auf die Reihe – und tust uns allen 'nen Gefallen? Na ja, deine Sache, natürlich, nur so'n Gedanke ... Jedenfalls, was ich sagen will, ich will kein ääh ... Jona sein in diesem Daniel-Ding. Erinnerst du dich an Jona? 'tschuldigung, blöde Frage. Klar kennst du den – Freund von dir. Dein Wal auch, wahrscheinlich. Geht mich natürlich nichts an. Möchte bloß nich' das Ganze vermasseln für die andern, weil ich nich' – weil ich – ich weiß nich' ... nich gut genug bin oder so, wenn ich 'n Soldat bin – 'n Prompter, mein' ich. Wenn du also 'n bißchen auf alle aufpassen könntest, die mitmachen, und wenn du machst, daß ihr Zeug nich' durcheinanderkommt durch mein Zeug, wenn du verstehst, was ich meine, und wenn meine Uniform ääh ... gut sein könnte, das wäre ääh ... gut. Und tut mir leid, daß ich das mit Mrs. Flushpool und dem Schönheitschirurgen-Fall gesagt hab' und ääh ... das wär's wohl erst mal für jetzt, glaub' ich, Gott. Danke fürs Zuhörn. Amen.

(Klick! als der Recorder ausgeht, gefolgt von einem Klick! als THYNN auf „AUFNAHME“ schaltet, nachdem er mir sein Gebet vorgespielt hat)

THYNN Klingt 'n bißchen blöd, wenn man's noch mal spielt, oder?

A. P. Das klingt überhaut nicht blöd, Leonard. Besser als die meisten meiner Gebete. Ich habe beim Beten meistens Hummeln im Hintern und hüpfe innerlich rum wie ein Floh. Ich hoffe auch, daß ich nicht vermaßle, was all die anderen machen.

MRS. T. *(aus der Küche)* Wolln Sie Kaffee, Adrian?

A. P. *(schreiend)* Ja bitte, Mrs. Thynn!

MRS. T. Wolln Sie Kaffee, Adrian?

A. P. *(brüllend)* Ja bitte, Mrs. Thynn!! Zwei Stück Zucker!!

MRS. T. Wolln Sie Kaffee, Adrian?

A. P. *(versucht, Höflichkeit und den Urknall unter einen Hut zu kriegen)* JA BITTE!! ZWEI STÜCK ZUCKER!!

MRS. T. Wieviel Zucker?

A. P. ZWEI!!!

MRS. T. Ich bring' den ganzen Zucker mit, dann können Sie sich nehmen, was Sie wollen.

A. P. *(schwach)* Danke ...

THYNN In Ordnung, fangen wir an, diese Prompterei zu üben.

A. P. Okay, Leonard. Laß uns mal sehen ... du sitzt drüben auf diesem Stuhl, als würdest du auf der Seite der Bühne sitzen, und ich stehe mitten im Zimmer, als würde ich spielen. Du hast dein Manuskript?

THYNN Jawoll!

A. P. Gut! Ich hab' auch eins, wir sind also bereit.

THYNN *(klingt sehr eifrig und geschäftsmäßig)* Richtig!

A. P. Nun ...

THYNN Wir tun einfach so, als hätte ich meine Uniform an, ja?

A. P. Ääh ... ja, in Ordnung, Leonard. Also stellen wir uns vor, ich bin Percy Brain, der König Darius spielt.

THYNN Richtig.

A. P. Und ich bin gerade auf die Bühne gekommen, ganz am Anfang des Stücks. Ich bin sehr aufgeregt ...

THYNN Ich auch, mach dir nichts draus!

A. P. Nein, ich meine nicht, daß *ich* aufgeregt bin. Ich meine, ich tue so, als ob ich Percy Brain bin, und *der* ist sehr aufgeregt.

THYNN *(intelligent)* Ach so, richtig! Verstehe ...

A. P. Der Vorhang ist aufgegangen, und das Publikum wartet darauf, daß ich anfange. Kannst du mir folgen?

THYNN Klar!

A. P. Also fang ich an. *(Manuskriptrascheln)* Fertig?

THYNN Fertig!

A. P. *(vage Imitation Brains)*
Ich Herrscher bin beherrscht von denen, die nicht rasten, vor Eifersucht und Gier nach Ehrenposten. Sie sind wie Löwen ... ääh ... nicht ... nicht aus ääh ... *(Pause)* Leonard, warum sagst du mir nicht, wie der Rest der Zeile heißt?

THYNN Ist nicht nötig.

A. P. *(blank)* Warum nicht?

THYNN Weil du selbst 'n Manuskript hast. Du kannst selber gucken.

A. P. *(zunehmend hysterisch)* Aber doch nur, weil wir so tun, als ob. Bei der Aufführung wird Percy *kein* Manuskript in der Hand halten – er wird seinen Text auswendig gelernt haben.

THYNN Aber dann braucht er kein Einsagen, oder?

A. P. ABER WENN ER NERVÖS IST, DU ID ...!

(A. P.s Toben wird unterbrochen vom Geklappere von MRS. T., die mit dem Kaffee hereinkommt)

MRS. T. So, hier sind wir. Schöne Tasse Kaffee! Wie geht's?

THYNN Adrian sagt, Percy Brain wird am Abend seinen Text vergessen, Mutter.

A. P. Nein, das habe ich *nicht* gesagt. Die Annahme, daß Percy Brain seinen Text vergißt, ist rein hypothetisch.

MRS. T. Finde ich auch, vor allem in seinem Alter. Na ja, ich laß' euch allein, damit ihr weiterkommt.

(Türeschlagen, als MRS. T. das Zimmer verläßt)

A. P. Vielleicht habe ich mich nicht ganz klar ausgedrückt, Leonard. Sollen wir es noch mal langsam von vorn durchgehen?

THYNN *(zuversichtlich)* Okay!

A. P. Am Abend der Aufführung könnte Percy Brain – es

könnte auch jeder andere sein, aber wir nehmen ihn jetzt mal als Beispiel – sehr nervös sein und seinen Text vergessen, obwohl er ihn eigentlich auswendig gelernt im Kopf hat. Verstanden?

THYNN Jawoll!

A. P. Deswegen bist du da, um einzuspringen, wenn das passiert. Wenn jemand mit einer Textzeile anfängt und sich nicht mehr ans Ende erinnern kann, bist du es, der ihn oder sie erinnert, wie es weitergeht. Wenn sie nicht mehr wissen, wie ihre Rede anfängt, sagen sie wahrscheinlich „PROMPT", und dann weißt du, daß sie Hilfe brauchen. Kapiert?

THYNN Verstanden!

A. P. *(kleingläubig)* Wirklich?

THYNN Klar doch! Wenn sie ihren Text vergessen, bin ich dran!

A. P. Gut! Gehen wir einen Schritt weiter. Die große Porzellangiraffe auf dem Wohnzimmerbüfett da drüben soll das Publikum sein, einverstanden?

THYNN Einverstanden! Sie heißt Mister Major, weil ...

A. P. Also, ich komme noch mal und tue so, als ob ich Percy bin ...

THYNN ... der so tut, als ob er König Darius ist.

A. P. Ja, und ich, oder besser gesagt, *er*, ist sehr nervös.

THYNN Richtig.

A. P. Manuskript bereit?

THYNN Manuskript bereit!

A. P. Du weißt, was du tun sollst?

THYNN Zunder auf allen Zylindern, Chef!

A. P. Ääh ... gut, fangen wir also wieder an: Ich Herrscher bin beherrscht von denen, die nicht rasten vor Eifersucht und Gier nach Ehrenposten. Sie sind wie Löwen – nicht aus Hungerschmerzen, nein, Habsucht, Machtsucht wohnt in ihren Herzen. Welch dunkle Stunde, als ich dies Gesetz erließ. Ääh ... ääh ... Prompt!

(Manuskriptrascheln und Krachen der Sesselfedern, als Thynn aufsteht und – von A. P. dumpf-ungläubig beobachtet – in die Mitte des Zimmers tritt, um die Porzellangiraffe mit aberwitziger Würde anzureden)

THYNN Guten Abend, Mister Major! Ich heiße Leonard Thynn und bin, wie Sie an meiner Uniform erkennen können, der Prompter. Percy hat Schwierigkeiten, den Anfang der fünften Zeile zu finden, darum bin ich hier, um ihm zu helfen. Percy, die Zeile, die du suchst, lautet: „Welch dunkle Stunde, als ich dies Gesetz erließ." Auf Wiedersehen, Mister Major, bis wieder jemand nervös wird. Und denken Sie dran: „Mein Name ist Thynn, der Prompter ich bin!" Gute Nacht und Gottes Segen, bis wir uns wieder treffen!

(Thynn kehrt zu seinem Stuhl zurück, wobei er der Giraffe im Gehen nachwinkt. A. P. steht eine ganze Weile stumm und wie angewurzelt da)

THYNN *(bescheiden)* Ich hab' mir diese Extrasachen ganz allein ausgedacht.

A. P. *(mit leiser, ruhiger „Was-ist-bloß-mit-der-wirklichen-Welt-passiert?"-Stimme)* Leonard ...

THYNN Ja?

A. P. Der Prompter kommt nicht auf die Bühne, Leonard. Er bleibt unsichtbar, Leonard. Er sagt auch nicht: „Mein Name ist Thynn, der Prompter ich bin", Leonard. Er sagt überhaupt nichts, abgesehen von kleinen geflüsterten Wortbrocken, um derjenigen Person zu helfen, die tatsächlich auf der Bühne steht, Leonard. Bist du sicher, du solltest der Prompter sein, Leonard?

THYNN Immerhin hab' ich's richtig gemacht, als ich im Stück von Miß Glanthorpe war. *(hastig)* Ich weiß, ich weiß – das war was andres –, aber ich will der Prompter sein, wirklich ... Ich glaub', jetzt hab' ich's kapiert. Ich sitz' am Rand von der Bühne, unsichtbar, und wenn die Leute ihren Text vergessen, helf' ich ihnen und ruf' ihnen das nächste Stück zu. Wie ist das? Laß mich *bitte* ...

A. P. In Ordnung, Leonard. Okay, okay, okay, okay, okay! Noch *eine* Chance. Okay?

THYNN Jawoll! Okay!

A. P. Gut. Ich nehme jetzt einen anderen Teil des Manuskripts, die Stelle, die anfängt „In der Grube, angefüllt ..." – die Stelle des Erzählers. Hast du's?

THYNN *(verzweifeltes Manuskriptrascheln)* Ääh ... ich hab's!

A. P. Du sitzt auf diesem Stuhl. *Bleib* auf diesem Stuhl!

THYNN In Ordnung – kein Problem ...

A. P. Und ich bin Gerald, der die Giraffe von hier drüben anredet. Soweit in Ordnung?

THYNN Trumpfas!

A. P. Sicher?

THYNN Trumpfas im Kubik!

A. P. Also los dann. Letzte Chance!

THYNN *(bescheiden)* Letzte Chance ...

A. P. Wir fangen an: In der Grube, angefüllt mit Knochen und Gebein, wo die Löwen brüllen und verlorne Menschen schreien. Wo der Mensch, der glaubt, sein Leben sei sein

Gott, Beide: sich und der Gott, verliert im Rachen grauser Todesnot. Wo der Glaube nur ... ääh ... prompt!

THYNN ... die Starken hält ...!

A. P. Wo der Glaube nur die Starken hält, Wenn der Löwen Gier ... ääh ... ääh ... prompt!

THYNN ... ihr Leben fällt!

A. P. Wenn der Löwen Gier ihr Leben fällt ... Das war's, Leonard! Du hast es geschafft! Du hast es richtig gemacht!

THYNN *(offenkundig erstaunt)* Ich?

A. P. Das war perfekt. Gut gemacht!

THYNN Dann *bin* ich also der Prompter?

A. P. Ganz bestimmt, Leonard.

THYNN Ich versteh' es jetzt richtig, oder?

A. P. Jawohl, ganz richtig. So, ich muß die Beine in die Hände nehmen, Leonard. Bis später. Sag deiner Mutter danke für den Kaffee. Ich habe nicht mehr viel Stimme übrig. Tschüs!

THYNN Ja, tschüs dann! Bis bald ... *(Geräusche einer sich öffnenden und schließenden Tür, als A. P. geht. Wenige Augenblicke später kann man Leonards Stimme hören, wie er in der Küche mit seiner Mutter redet)* Adrian hat danke gesagt für den Kaffee, Mutter!

MRS. T. Gern geschehn! Wie isses mit eurer – wie heißt das Ding – gelaufen?

THYNN Hervorragend! Ich versteh' es jetzt richtig. Übrigens hoff' ich, es macht dir nichts aus, aber Adrian will deine große Porzellangiraffe borgen für die Aufführung. Die soll das Publikum sein.

MRS. T. Du mußt lauter reden, Süßer. Werde auf meine alten Tage 'n bißchen schwerhörig. Dachte 'nen Augenblick, du hast gesagt, meine Porzellangiraffe soll bei der Aufführung das Publikum sein.

THYNN Hab' ich auch. Ist das einzige, was ich noch nicht ganz verstehe. Ich muß unsichtbar in meiner Soldatenuniform dastehn, damit mich die Giraffe nicht sieht, wenn Percy Brain den Text vergißt.

MRS. T. *(argwöhnisch)* Bist nich' wieder auf Flasche gewesen, oder, Leonard?

THYNN 'türlich nich', Mutter! Erzähle dir bloß, was mir Adrian gesagt hat. Alles andre versteh' ich total . . .

MRS.T Is' ja schön, Leonard . . . Haste das Ding ausgemacht?

(Klick! als Thynn herbeieilt, um das Gerät auszustellen)

VIER

Regie bei „Gandhi" wäre leichter . . .

Erst kurz nach der Aufführung des „Daniel" hörte ich das Ende des dritten Bandes ab und begriff, warum Thynn so verstört wirkte, als er sah, daß echte Menschen ankamen, um die Aufführungen des Theaterfestivals zu sehen. Es erklärte auch, weshalb er seine meterhohe Porzellangiraffe anschleppte und sie mitten in die erste Reihe plazierte. Sobald sich die Ränge zu füllen begannen, muß sein gigantisches Hirn die Wahrheit begriffen haben, denn er ging raus und sammelte das kostbare Stück wieder ein. Er stellte es in der Garderobe vor der Herrentoilette ab und behauptete, das sei sein Maskottchen. Das Ende des Bandes erklärt ferner das nicht verstummen wollende Gerücht, daß der britische Premierminister Mr. Major das Festival mit seiner Anwesenheit beglücken würde. Ich bin nie dazu gekommen, die Thynns zu fragen, weshalb sie meinten, Mister Major sei ein passender Name für eine Porzellangiraffe. Die Art und Weise, wie Leonards graue Zellen funktionieren, ist eines der großen ungelösten Rätsel der Menschheit. Immerhin hatte er den Sinn des Soufflierens begriffen, einigermaßen jedenfalls, so daß eine weitere Aufgabe abgehakt war.

Als nächstes befielen mich neurotische Ängste, ob die Leute ihren Text gelernt haben oder nicht. Wir hatten nur Zeit für zwei richtige Proben, bevor das Stück richtig aufgeführt werden sollte, so daß es wesentlich war, daß die Mitwirkenden sich wirklich anstrengten, ihre Rollen auswendig zu lernen. Schließlich hatte keiner von ihnen übermäßig viel zu sagen.

Anne meinte, ich solle die Leute nicht anrufen und Nachforschungen anstellen, weil ich nach so was launemäßig immer völlig von der Rolle bin! Eine grobe Übertreibung; aber ich dachte, ich warte lieber, bis sie und Gerald weg sind. Leider kamen die beiden mit Thynn im Schlepptau just in dem Moment nach Hause, als ich Elsies Nummer angewählt hatte und darauf wartete, daß jemand abnimmt. Als ich ihnen mitteilte, was ich mache, seufzte Anne, Gerald kicherte, und Thynn riß sich seinen lächerlichen Apparat von der Schulter und machte das Mikrophon direkt am Telefon fest, so daß er beide Seiten des Gesprächs aufnehmen konnte. An einigen Stellen habe ich auch niedergeschrieben, was ich sagen *wollte* – im Gegensatz zu dem, was ich gesagt *habe* . . .

(Klicken des Recorders, gefolgt vom Geräusch eines Hörers, der am anderen Ende abgenommen wird)

A. P. *(mit krampfhafter Beiläufigkeit)* Hallo, wer ist da?

ELSIE *(denn sie ist es)* Sie glauben doch nicht im Ernst, daß ich potentiellen obszönen Anrufern meinen Namen preisgebe, oder?

A. P. Tut mir leid, Elsie – hier spricht Adrian Plass.

ELSIE Ich weiß! Habe Ihre Stimme erkannt!

A. P. Gut, was soll dann das ganze Zeug von wegen obszönen Anrufern und so?

ELSIE Prinzipiensache. Ich erziehe die Männer.

A. P. Ach so, verstehe. Na ja, betrachte mich als bereits erzogen. Hör mal, Elsie, ich rufe wegen deines Textes an.

ELSIE Welcher Text?

A. P. *Welcher* Text? *Dein* Text – in dem Stück!

ELSIE Welches Stück?

A. P. *(mit gedrosselter, aber kulminierender Erregung)* *Das* Stück, Elsie! Das Daniel-Stück! Das Stück, über das wir letzten Montag wer weiß wie lang dagesessen und geredet haben! Das Stück, das wir auf dem Theater-Festival aufführen. Du *mußt* dich erinnern!

ELSIE Ach – *ich* mach' da mit? Jetzt dämmert's mir. Na ja, Sie hätten mir schließlich ein Manuskript geben können. Es wird nie klappen, wenn Sie die Texte nicht rechtzeitig verteilen, nicht wahr?

A. P. *(was ich tatsächlich sagte, indem ich massive Selbstkontrolle gepaart mit christlicher Zurückhaltung mobilisierte)* Elsie, meine Liebe, ich denke, wenn du nachsiehst, wirst du herausfinden, daß ich dir tatsächlich bereits vor einigen Tagen ein Textheft geschickt habe. Und ich wäre wirklich überaus dankbar, wenn du deine vier Zeilen bis Freitagabend lernen könntest, wo wir, wie du unschwer der Notiz entnehmen kannst, die ich dem Heft beigefügt habe, die erste unserer beiden Proben abhalten werden. Deshalb ist es, wie du sicher einsiehst, wichtig, daß du mit dem Memorieren beginnst.

(Was ich eigentlich sagen wollte, während ich Elsie verkehrt herum über einen Bottich mit siedendem Öl halte: Du dämliche, egozentrische, fusselhaarige halbstarke Göre! Warum hast nicht auch du dieses Spiel gefressen und beschlafen und mit jeder Pore eingesogen wie ich jede Sekunde jeder Minute jeder Stunde jedes Tages, seit ich so hirnverbrannt war, mich auf diesen Horrortrip einzulassen? Und falls du hohlköpfiger kleiner Rattensack nicht bis Freitag jeden einzelnen Buchstaben jedes einzelnen Wortes jeder einzelnen Zeile deiner elenden kleinen Rede gelernt hast, werde ich dich wie ein Stück Löffelbiskuit in dieses siedende Öl tunken! Drücke ich mit verständlich aus?)

ELSIE Schön, wenn Sie sagen, Sie haben es geschickt, wird es schon stimmen. Werde versuchen, vor Freitag mal reinzugucken, falls ich dazu komme. Moment mal! Freitag, sagten Sie? William und ich gehen freitags aus. Das ist *unser* Abend! *(ungemein zögerlich)* Ich gehe mal davon aus, daß wir zu dieser Probe von Ihnen kommen könnten, wenn wir unbedingt müssen ...

A. P. *(was ich tatsächlich sagte)* Ich wäre dir überaus verbunden, wenn du alles so einrichten könntest, daß du da bist, Elsie.

(Was ich sagen wollte, während ich ihr mit einer Magnum-Pistole vor der Nase rumfummele: Na schön – bleib doch, wo der Pfeffer wächst! Meine Woche ist gelaufen, du blöde Kuh!)

ELSIE *(seufzend)* Dann werd' ich wohl kommen, denk' ich. Warten Sie mal einen Augenblick – William ist da. Er sagt was ... *(Pause mit entferntem Gemurmel)* William sagt, er hat jetzt die Rauchmaschine, und er hat jede Menge weiterer Ideen, wie er sie in dem Stück einsetzen kann.

A. P. Oh! Gut! Ja, das ist ääh ... gut.

ELSIE *(kraftvoll)* Mr. Plass, ich bin Christin, darum vergebe ich Ihnen freimütig, daß Sie abgelehnt haben, was ich geschrieben habe, als wäre es ein Stück Dreck. Außerdem hege ich weder Groll noch Ärger, daß Sie das Gefühl haben, ich sähe *jungenhaft* genug aus, um in dem Stück einen männlichen Diener zu spielen! Hingegen wäre ich sehr erbost, wenn ich den Eindruck hätte, daß Williams Kreativität mit Füßen getreten wird.

A. P. *(süßlich flötend)* Plötzlich erinnerst du dich ja doch an eine ganze Menge von dem Stück, Elsie.

ELSIE Ja – nun ... jedenfalls, solange nicht die allerwichtigste Person in dem ganzen ...

A. P. Du meinst William?

ELSIE Natürlich! So lange nur William nicht ...

A. P. ... mit Füßen getreten wird ...

ELSIE Genau!

A. P. *(mit übermenschlicher Selbstkontrolle)* Ich werde mein Bestes geben, um unter keinen Umständen irgendeinen Aspekt Williams mit Füßen zu treten, Elsie.

ELSIE Gut! Also, ich geh' davon aus, Sie am Freitag zu sehen, Mr. Plass. Ich kann jetzt nicht länger reden. William hat gerade ein Buch über einen Mann auf den Salomon-Inseln gekauft, der Menschen bekehrt hat, indem er ihre

Namen in Bäume eingeritzt und dann der Rinde die Hände aufgelegt hat. Wir wollen noch schnell zum Hinkley-Forst, um vor dem Abendbrot ein paar Sachen zu erledigen. Wir dachten, wir machen es Straßenzug um Straßenzug, bis wir die ganze Stadt durchhaben. Vielleicht haben wir später am Abend Zeit, uns das Stück anzugukken. Man wird sehn.

A. P. *Ganz* herzlichen Dank, Elsie. Wie *überaus* entgegenkommend von dir. Auf Wiederhören!!

(Geräusch eines Hörers, der zunächst sanft aufgelegt und sodann mehrmals wütend in die Gabel gestoßen wird)

ANNE Ich weiß nicht, warum du dich so fertigmachst. Ich hab' dir gleich gesagt, daß du am Ende sauer bist. Warum läßt du sie nicht einfach in Frieden? Sie werden ihren Text schon lernen. Du bringst dich selbst in einen derartigen Zustand!

A. P. Ich befinde mich in keinem Zustand!

ANNE Tust du doch, du hast diese kleinen weißen Dinger in den Mundwinkeln. Du bist in einem Zustand!

GERALD Und du rubbelst mit der Hand die Rückseite deines Halses. Das machst du immer, wenn du in einem Zustand bist.

THYNN *(selbstmörderisch)* Sag doch mal ins Mikrophon, wie das ist, in einem Zustand zu sein.

(Fieses Wählgeräusch)

ANNE Du rufst doch bestimmt nicht noch jemand an, Adrian. Es wird nur immer schlimmer, du wirst schon sehen! Warum kommst du nicht einfach und trinkst eine schöne Tasse Tee und vergißt ...

A. P. *(grimmig)* Hallo, ist da Percy? – Zieh' das Mikrophon aus meiner Nase, Leonard – Percy, ich vergewissere mich nur noch einmal, daß Sie Ihren Text richtig gelernt haben ...

PERCY Ein Schauspieler präpariert sich! Ich bin in jedweder Hinsicht bezüglich dessen engagiert, was eine im hohen Maße herausfordernde Rolle zu sein verspricht. Ich habe mich vollgesaugt mit historischen und biblischen Bezügen zum Königtum im antiken Babylon. Ich wohne in der Haut des König Darius!

A. P. Haben Sie Ihren Text gelernt, Percy?

PERCY Ich werde nach den Grundsätzen des Meisters Stanislawski verfahren. Ich werde auf dem Felsgrund meiner eigenen Persönlichkeit einen Charakter aufbauen, Schicht um Schicht, Nuance um Nuance. Gleich einem gestaltlosen Phantom, das allmählich Fleisch und Blut annimmt, wird die Person, die zu werden ich im Begriffe bin, ans Licht treten und lebendig werden!

A. P. Haben Sie Ihren Text gelernt, Percy?

PERCY Ich bin tief hinabgetaucht in die Abgründe der Eingeweide der *Bedeutung* der Worte, und ich entdecke ...

A. P. Haben Sie Ihren Text gelernt, Percy?

PERCY Ich bin umschlungen von ...

A. P. Haben Sie Ihren Text gelernt, Percy?

PERCY Ich ...

A. P. HABEN SIE IHREN TEXT GELERNT, PERCY?

PERCY Nein, das habe ich nicht! Ich lasse mich in diesem Stadium meines Gleitflugs durch die Flußmündung der Proben hin zum tiefen Ozean der Aufführung nicht von derart trivialen Details bekümmern!

A. P. Sie werden in dem tropfengroßen Pfützchen des nicht Dabeiseins enden, wenn Sie Ihren Text nicht lernen, Percy. Drücke ich mich verständlich aus?

PERCY *(nach ein wenig Geknurre)* Womöglich ist der optimale Moment für ein klein wenig vulgären Memorierens angebrochen. Vorausgesetzt natürlich, daß ich ääh ... dazu komme. In der Tat werde ich ääh ... jetzt sofort dazu kommen. Leben Sie wohl!

A. P. *(durch die Schneidezähne)* Leben Sie wohl, Percy!

(Geräusch eines auf die Gabel geknallten Telefonhörers)

GERALD Es ist wundervoll, wie du es fertigbringst, so gelassen zu bleiben, Papa. Du würdest eine gute Nonne abgeben.

THYNN Du hast die richtigen Füße dafür.

A. P. Was meinst du damit, ich hätte die richtigen Füße dafür?

THYNN Na, du weißt doch, diese Königspingu ...

ANNE Schatz, bitte keine weiteren Anrufe! Es wird damit enden, daß du im Korridor auf und ab marschierst, durch die Nase schnaubst und vor dich hin grummelst. Warum läßt du es nicht einfach?

GERALD Mensch, Papa, laß doch! Du kannst dich drauf verlassen, daß Edwin seinen Text lernt, und du hättest sowieso nicht den Nerv, Mrs. Flushpool zu fragen, ob sie ihre Zeilen gelernt hat, also ...

ANNE Gerald, manchmal bist du wirklich unglaublich albern!

(Weiteres wildentschlossenes Wählen)

A. P. *(angespannt summend, während er wartet)* Hallo, ist dort Vic – Leonard, ich steck' dir das Mikrophon sonstwohin, wenn du es nicht von meinem Gesicht weghältst – tut mir leid, ist dort Vict ...

MRS. F. Wer ist da?

A. P. Hallo, Victoria, hier spricht Adrian Plass. Ich habe Sie nur angerufen, um Sie zu fragen – *(erinnert sich plötzlich an die neue Parole „seid nett zu MRS. F.")* –, Sie zu fragen ääh ..., wie es Ihnen geht. *(lahm)* Wie geht es Ihnen?

MRS. F. *(etwas verblüfft)* Ich bin wohlauf und erfreue mich der täglichen Niederlage des Irdischen. Heute habe ich der Fußpflege abgeschworen. Meine Füße waren der Pfahl in meinem Fleische.

A. P. Wirklich ... wie schön! Gut, ich wollte Sie auch nur fragen, ääh ... *(entnervt)*, wie es Stenneth geht.

MRS. F. Stenneth sitzt soeben am Pianoforte und studiert ein neues und höchst instruktives Buch – *Predigten zu Musik gesetzt* von einem gewissen Doktor Martyn Lloyd Webber. Er ist ganz zufrieden.

A. P. Gut, gut! Das ist gut ...

MRS. F. War noch etwas, Adrian? Ich bin im Augenblick ...

A. P. Da war nur noch eins – ääh ... Ich habe mich gefragt, ob Sie es bereits geschafft haben, Ihren – Ihren ääh ...

MRS. F. Ja?

A. P. Ihren ääh ... Urlaub für nächstes Jahr zu planen.

MRS. F. Wir fahren nicht in Urlaub, Adrian. Wir *glauben* nicht an Ferien. Wir unternehmen rekreative missionarische Ausflüge.

A. P. Ah, ich verstehe ... und wohin planen Sie Ihren ääh ... rekreativen Missionsausflug im kommenden Jahr?

MRS. F. Sylt.

A. P. Ah ... ja, sehr empfehlenswert ...

MRS. F. Wenn sonst nichts ist, sollte ich wirklich fortfahren ...

A. P. *(verzweifelt)* Ich wollte einfach nur – wissen ...

(Geräusch von Gerald, der im Hintergrund Hühnergegacker nachahmt)

MRS. F. Was wissen?

A. P. Wissen, ob – wissen, ääh ...

MRS. F. Adrian, ich befasse mich gerade damit, meinen Text für die anstehende Theater-Produktion zu memorieren. Ich würde gerne fortfahren, mich dieser Aufgabe zu widmen, falls das möglich ist!

A. P. Ah! Richtig! Schön! Gut! Tut mir leid! Natürlich! Ja! Auf Wiederhören! Bis später ...

MRS. F. So Gott will und wir leben. Auf Wiederhören.

(Geräusch von A. P.s Telefon, das auf die Gabel fällt)

GERALD Gibt es irgendwas, was du auftauen willst, Mama? Du könntest Papas Gesicht verwenden.

ANNE Sei still, Gerald! Sie war gerade dabei, den Text zu lernen, nicht wahr, Schatz?

A. P. *(nach langem und tiefem Atemholen durch die Nase)* Ja. Sie war tatsächlich gerade mittendrin, Anne. Und wenn du nicht aufhörst, mir mit diesem infernalischen mechanischen Dauerlutscher nachzurennen, Leonard, wirst du dein eigenes Todesröcheln aufnehmen.

ANNE Jedenfalls hast du jetzt alle überprüft, Schatz, außer Edwin, und Gerald hat ganz recht, wenn er sagt, du kannst Edwin vertrauen. Meinst du nicht auch?

A. P. *(Geräusch eines müden In-den-Sessel-Sinkens)* Ach ja, ich bin sicher, Edwin macht seine Sache. Ich weiß nicht ... Ist Schwerarbeit, dieses Regieführen!

GERALD Jedenfalls ist es eine gute Übung, um zu lernen, wie man fragt: „Drücke ich mich verständlich aus?" Du mußt das mindestens, Moment, laß mal ...

A. P. Herzlichen Dank für deine Hühnerimitation, während ich am Telefon war, Gerald. Das war äußerst hilfreich und ermutigend. Also, wenn ihr nichts dagegen habt, werde ich jetzt – wart' mal einen Augenblick!

ANNE *(ziemlich alarmiert)* Was ist los, Adrian? Weshalb siehst du Gerald so an?

A. P. *(in langsamem, drohendem Tonfall)* Es gibt nur noch eine Person, die wir nicht überprüft haben. Nicht wahr, Gerald?

GERALD Ach ja, Papa?

A. P. Ja, Gerald. Du! Ich habe dich ganz vergessen. Du hast ungefähr zwanzig Zeilen zu lernen, nicht wahr?

GERALD Ääh ... ja, das stimmt so ungefähr ...

A. P. Und wie geht es uns damit, mein kleiner Hühnerimitator? Wie viele Zeilen haben wir schon gelernt, seit wir das Manuskript gekriegt haben? Na?

GERALD *(lässig)* Och, ich finde, es ist nicht so wichtig, ob man ein Manuskript Wort für Wort auswendig lernt, so lange man den allgemeinen Sinn erfaßt hat. Das ist doch das einzige, was zählt. Ich werde mich schon irgendwie durchwursteln und die Sache mehr oder weniger schaukeln. Die Reime bringen sowieso nicht viel, oder?

(Kurzes prä-eruptives Schweigen)

ANNE *(entgeistert)* Gerald! Was ...?

A. P. *(mörderisch ungläubiges Knurren)* Irgendwie durchwursteln ...? Mehr oder weniger schaukeln ...? Reime bringen sowieso nicht viel ...? Ich werde dich lehren, ob es was ausmacht, das Manuskript Wort für Wort auswendig zu lernen!

(Schlag- und Stoßgeräusche, während A. P. Gerald durchs ganze Zimmer jagt)

Gerald *(klingt wie jemand, der gerade den Schmerz eines Halb-Nelsons erleidet)* War bloß Spaß, Papa! Bloß Spaß! Hör mal:

Schmerz ist schärfer als Bedauern,
Tod hält länger an als Reue,
Heute wird Darius trauern.
Morgen lebt vergessend er aufs neue.
Daniel blickt angstvoll auf sein Sterben,

unter ihm, gleichgültig, tobt die dunkle Flut.
Flut der Furcht will ihn verderben.
Noch bevor der Tod ihn wirklich frißt mit Fleisch und Blut.

Den Rest kann ich auch! Wirklich! Hör zu:

In der Grube, angefüllt mit Knochen und ...

A. P. Du kannst es? Du hast es gelernt? Du hast ...

GERALD Na klar. Hab' es eigentlich auf der Stelle intus gehabt.

A. P. Du wolltest also bloß meinem Blutdruck eine kleine Übung verschreiben, ja? Herzlichen Dank.

(Geräusch einer aufgerissenen und zugeknallte Tür, als A. P. in den Korridor stürmt)

ANNE Also ehrlich, Gerald! Wann wirst du es je lernen?

GERALD Tut mir leid, Mama. Konnte einfach nicht widerstehen *(kichert)*. Ist hochgegangen wie eine Haubitze, nicht wahr?

THYNN Was er jetzt wohl macht?

ANNE Er wird das machen, das ich vorausgesagt habe: er marschiert im Korridor hin und her, schnaubt durch die Nase und grummelt vor sich hin.

THYNN *(aufgeregt)* Das muß ich aufnehmen!

ANNE Das würde ich lieber nicht tun ...

(Tür öffnet sich und schlägt wieder zu, nachdem THYNN in den Korridor verschwunden ist. Dumpfe Streitgeräusche enden mit einem dumpfen Schrei und abruptem Schweigen, wobei das Bandgerät entweder absichtlich oder zufällig ausgeschaltet wird)

FÜNF

Ein ahnungsloser Engel

Ich brachte Thynn nicht im Flur um. Ich stopfte ihm das Maul mittels eines sehr schweren alten Armeemantels, der zufällig zur gleichen Zeit das Aufnahmegerät ausschaltete. Ich muß zugeben, daß ich ein wenig verstimmt war. Ich fing an, mich ein bißchen für die ganze Übung zu schämen, wenn ich ehrlich bin. Das Temperament war wohl lange nicht mehr so schlimm mit mir durchgegangen, und die Sache brachte auch bei anderen nicht gerade die besten Saiten zum Klingen. Am Tag, der demjenigen folgte, an dem ich Thynn nicht umgebracht habe, beschloß ich, eine Runde zu machen und bei Bill Dove reinzuschauen. Bill und Kitty Dove waren schon sein Jahren meine Lieblingsalten. Sie waren erstaunlich gut darin, Sache auf die Reihe zu bringen – insbesondere Kitty. Als sie vor ungefähr einem Jahr starb, hat mich das sehr mitgenommen. Seitdem versuchen Anne und ich wenigstens einmal pro Woche oder so bei Bill vorbeizuschauen.

„Die Sache ist die, Bill“ sagte ich, „daß wir solche Konflikte – oder jedenfalls kaum welche davon – nie bei Gottesdiensten oder normalen Gemeindeveranstaltungen haben. Da strengen sich die Leute an, miteinander auszukommen, und die Sachen laufen mehr oder weniger glatt. Vielleicht ist es ein Riesenfehler, so was anzufangen.“

Bill kicherte, wie er es immer macht. „Wieder der alte Punkt, Kamerad! Is' leicht, inner Kirche einen auf Friede – Freude – Eierkuchen zu machen, nich'? Gegessen! So was, was ihr jetzt macht, na ja, da isses nich' so einfach, zu tun als ob, nicht? Bißchen Krach – bißchen Stunk – tut uns allen gut. Da finden wir bald raus, was wirklich los is' hinter unsrem zerknitterten Lächeln, hä?"

„Ich glaube nicht, daß hinter meinem zerknitterten Lächeln viel los ist, Bill", sagte ich. „Ich scheine die ganze Zeit auf die Palme zu gehen und Leute zu nerven."

„Weißt schon, was Kitty sagen würde, wenn sie jetzt hier wär, oder, Kamerad?"

„Was würde sie sagen, Bill?"

„Erst mal würde sie sagen: Iß noch 'nen Krapfen, Adrian. Dann würde sie sagen, wie gut es is', daß du so was für Jesus machst und daß der, wenn er will, daß du's für ihn machst, dafür sorgst, daß am Ende alles gut wird. Aber ..."

Er lehnte sich vor und tippte mir an die Brust, „... seine Idee, wie alles gut wird, is' vielleicht nicht unbedingt dieselbe wie deine Idee, wie alles gut wird! Und das macht gar nichts! Verstehst du?"

„Ja, Bill", sagte ich. „Ich glaube schon, ich versteh' dich – manchmal vermiß' ich Kitty, Bill."

„Ich auch, Kamerad", sagte Bill lächelnd und seufzte, „ich auch ..."

Die erste unserer zwei Proben war für den nächsten Freitag angesetzt. Wir hatten die Union Halle speziell für diesen Zweck gemietet, und ich ließ ausrichten, daß die Schauspieler rechtzeitig kommen sollten, damit wir ein paar wirklich interessante Aufwärmübungen aus einem Buch machen könnten, das ich gekauft hatte und das den Titel trug: „Das dritte Buch theatralischer Themen für theologische Thespianer." Fast alle kamen rechtzeitig. Gerald, Percy, Edwin, Charles, Vernon und Stenneth waren um fünf nach sieben anwesend. Stenneth erklärte, daß Victoria ein bißchen später kommen würde, weil sie gerade dabei wäre, mit einem Nachbarn über die musikalischen Exzesse seines Sohnes zu reden; sie würde aber kommen, sobald sie könnte. Auch Thynn war rechtzeitig da, weil er dachte, er dürfte danebensitzen und uns auslachen. Ich sagte, er dürfte nur bleiben, wenn er seine Maschine ausläßt und sich anständig beteiligt. Zu dem Zeitpunkt, als wir anfingen, war von Elsie keine Spur zu sehen. Direkt vor Beginn erinnerte ich alle – einschließlich Stenneth, der schrecklich zufrieden wirkte –, daß wir uns extra Sondermühe geben wollten, zu Victoria nett zu sein – und zwar von dem Augenblick an, an dem sie an diesem Abend durch die Tür kommen würde. Jedermann nickte enthusiastisch und sagte, sie würden sich alle wirklich anstrengen. Das folgende Band beginnt genau da, wo ich anfing, die erste Aufwärmübung zu erklären:

(Allgemeines Konversationsgemurmel, während die Leute sich auf dem Fußboden des Saales einen Platz suchen)

A. P. Also! Wenn wir jetzt alle ein bißchen still würden, könnten wir anfangen ...

PERCY Ich hoffe, daß diese Aktivitäten wohl bedacht sind! Ich fühle in all meinen Knochen, daß ich mich in eine Ecke zurückziehen sollte, um den geballten Inhalt meines Charakters in Balance zu bringen, bis die Probenarbeit beginnt.

THYNN Er meint, er weiß nicht, ob er seinen Text schon gelernt hat. Jetzt will er die Gelegenheit beim Schopf pakken, um ...

PERCY Wie können Sie es wagen! Ich beherrsche den Wortlaut perfekt! Meine Methode ist ...

EDWIN Laßt uns weitermachen, ja? Ich bin sicher, Percy kennt seinen Text, Leonard.

A. P. Danke, Edwin, vielen Dank. Also, die erste unserer Übungen ist dazu da, um uns zu helfen – *(zitiert aus dem Buch)* „uns zu lockern und Hemmungen abzubauen". Ich möchte jetzt, daß alle an dieses Ende des Saales kommen und sich mit dem Rücken gegen die Wand aufstellen, so daß wir alle auf die Tür blicken, die auf der anderen Seite ist. Los geht's!

(Geklapper und nervöses Gemurmel, während sich alle bewegen)

A. P. Ruhe zusammen! Also, das folgende wirkt womöglich etwas merkwürdig, aber ich möchte, daß wir alle ...

THYNN Adrian?

A. P. Ja, Leonard. Was ist denn?

THYNN Kann ich bitte aufs Klo gehen, bitte?

A. P. Leonard, keine Angst! Ich verspreche, ich lasse euch nichts machen, was irgendwie peinlich ist – okay?

THYNN Wir müssen nicht auf Kisten stehen und tanzen oder uns die Augen verbinden und uns gegenseitig suchen oder irgend so was?

A. P. Nein, nichts dergleichen.

THYNN Oder einer von uns liegt auf dem Fußboden und die andern stehn im Kreis um ihn rum und reden über ihn?

A. P. Nein, Leonard!

GERALD Wir machen *die* Übung, wo wir alle die Klamotten mit derjenigen Person tauschen, die wir am wenigsten leiden können, während alle anderen zugucken, nicht wahr, Papa?

THYNN *(von Panik erfaßt)* Ich geh' mal für kleine Jungs!

A. P. Komm zurück, Leonard! Gerald hat bloß einen Witz gemacht, nicht *wahr*, Gerald?

THYNN *(unsicher)* Wirklich, Gerald?

GERALD 'türlich, Leonard. *(vergnügt)* Tut mir leid, Papa!

A. P. Wenn wir in Rußland wären, Gerald, wäre ich sehr versucht, dir zu zeigen, wo die Languste den Winter verbringt.

THYNN Hä?

PERCY Ich glaube, er meinte ...

A. P. Egal, was ich gemeint habe! Machen wir weiter. Also, für unsere erste Übung wollen wie alle so laut wir können durch den Saal schreien.

CHARLES *(nervös)* Ääh ...

A. P. Ja, Charles?

CHARLES Ääh ... ich bin mir irgendwie nicht wirklich äh ... klar, weswegen wir ääh ... ääh ... schreien sollen.

A. P. Nun, das Buch schlägt vor, daß jeder schreit: „Ich hasse dich!“ Klingt ein bißchen komisch, ich weiß, aber so steht's da. Die Idee dabei ist, daß wir alle die unterdrückten Aggressionen rauslassen und unsere schlechte Stimmung, die in uns steckt und verdrängt ist und ääh ... so was eben ...

(Ein paar Sekunden nichts als Schweigen)

THYNN Ich geh' mal für kleine ...
A. P. STILLGESTANDEN, LEONARD! Keine Übung – keine Uniform! Jetzt, jeder, auf drei – eins, zwo, dr ...
CHARLES *(ein abgehackter quäkender Schrei)* Ich hasse dich!

(Schockiertes Schweigen)

A. P. Ja, Charles. Ääh ... guter Versuch. Wenn wir es jetzt nur gemeinsam probieren könnten. Alle fertig? Eins, zwo, drei!
ALLE *(mit jämmerlichem, völlig aggressionsfreiem Muh-Geräusch)* Ich hasse dich ...
VERNON In Liebe ...
A. P. Nein, Vernon, wir fügen nicht „in Liebe“ hinzu. Und was die anderen betrifft, glaube ich ehrlich gesagt nicht, daß schrecklich viel Aggression aus uns rausgekommen ist, oder ihr? Also kommt, Rücken zur Wand, und schreit es wirklich raus. Ich wiederhole noch einmal bis drei: Eins, zwo, drei!
ALLE *(ein leicht beleidigtes Muh-Geräusch)* Ich hasse dich ...
CHARLES In ääh ... tut mir leid!
A. P. Also paßt mal auf! Laßt uns einfach versuchen, uns die Person oder Sache vorzustellen, die wir am meisten hassen, und dann versuchen wir es noch mal, in Ordnung? Edwin, was wäre das für dich?
EDWIN Mmmh ... interessant. Ich denke, für mich ist das der Teufel.

(Beeindrucktes Gemurmel)

A. P. Gut! Stenneth, wie steht's mit dir? Wen haßt du am meisten?

STENNETH *(mit Leidenschaft)* Leute, die mutwillig und bedenkenlos Sperrholzfliegermodelle kaputtmachen!

A. P. Ääh ... ja, in Ordnung – gutes Beispiel, Stenneth. Leonard, darf ich fragen?

THYNN Mich.

A. P. Pardon?

THYNN Mich. Ich bin der, den ich am meisten hasse – vor allem, wenn ich trinke.

(Peinliche Pause)

EDWIN Ich hasse dich nicht, Leonard – ich liebe dich. Du bist mein Freund. *(klopft ihm mit der Hand auf die Schulter)*

A. P. Charles, wie steht's mit dir? Wen haßt du am meisten?

CHARLES *(vage)* Äh ... Joe Bugner, glaube ich.

A. P. Warum Joe Bugner?

CHARLES Ich weiß eigentlich nicht. Ich mache irgendwie einfach wirklich ...

PERCY Einsamkeit! Für mich ist's die vermaledeite Einsamkeit! Die kann ich anschrein. Einsamkeit ...

A. P. Also, ich glaube, jetzt sind wir wirklich auf dem Weg. Seht ihr! Alle haben was, was sie anschreien können. Vernon, was ist dein Lieblingshaß?

VERNON *(mit wilder Heftigkeit)* Ich hasse es wirklich, wenn du ein Bad nimmst und dann plötzlich merkst, du hast vergessen, ein Handtuch mit reinzubringen, und du bist gerade in einem fremden Haus, und du rufst nach jemandem, damit er dir eins aus deinem Schlafzimmer holt, und dann erinnerst du dich plötzlich, daß du deine dreckigen alten Socken und ein Biggles-Heftchen in deinem Zimmer liegengelassen hast und daß du nichts machen kannst und daß du sterben willst!

THYNN Hast du „Biggles und der kleine grüne Gott“, Vernon? Das ist das einzige, was mir fehlt ...

A. P. In Ordnung, also ich glaube, daß jeder ...

THYNN „Der zurechtgewiesene Algy“ ...

A. P. Was?

THYNN „Falscher Ingwer“ ...

A. P. Sei doch still, Leonard!

THYNN „Bertie, der Stimmhafte“ ...

A. P. Leonard!

THYNN Wo Biggles eingeschlossen ist und der Luft-Kommodore seine Zigarettenschachtel über den Tisch schiebt ...

A. P. Leonard, sei endlich leise! *(Pause)* Danke. Jetzt haben wir also alle etwas oder jemanden benannt, das oder den wir hassen – ja?

GERALD Papilein, Herzallerliebster!

A. P. *(seufzend)* Tut mit leid, Gerald. Ich habe dich vergessen. Was haßt du am meisten?

GERALD *(pathetisch)* Wenn ich bei Papi-Aktionen ausgelassen werde, denke ich.

A. P. Wenn du nicht restlos bei dieser laufenden Papi-Aktion ausgelassen werden willst, entscheide dich lieber sofort, was du wirklich am meisten haßt, Gerald.

GERALD Was, im Ernst?

A. P. *(etwas verblüfft)* Nun ääh ... ja, im Ernst.

GERALD *(nach kurzer Denkpause)* Also, wenn du es wissen mußt: Ich hasse es, wenn Leute denken, daß ich, bloß weil ich Witze mache und manchmal den Hanswurst spiele, überhaupt nichts ernst nehme oder daß ich nicht an Gott glaube oder daß ich einfach bloß fies bin. Ich geh' mal davon aus, daß es manchmal meine eigene Schuld ist, aber ... na ja, das ist es jedenfalls, was ich wirklich am meisten hasse ...

A. P. *(ruhig)* Danke, Gerald. *(lebhaft)* Das waren dann wohl alle. Laßt uns ...

THYNN Ääh ... entschuldige bitte, Luft-Kommodore!

A. P. *(muffig)* Was ist jetzt schon wieder?

THYNN Du hast uns nicht erzählt, was *du* am meisten haßt – verhörte ihn Baron von Stahlheim.

A. P. Du meinst, abgesehen von lächerlichen, witzlosen Anspielungen auf Biggles-Heftchen?

THYNN Tut mir leid.

VERNON Mach schon, Adrian, sag uns, was du am meisten haßt. Wir haben alle unseres gesagt, deswegen ist es bloß ein Stückweit Dingsbums, oder etwa nicht?

A. P. Alles laß ich auf mir sitzen, aber nicht, daß ich Dingsbums bin, Vernon! Das Ding, das ich am meisten hasse, also, wartet mal ... Ich glaube, eins, was ich am meisten hasse, ist, wenn jemand gemein zu Anne ist. Das kann ich nicht ausstehen. *(reumütig)* Ich bin der einzige, der zu Anne gemein sein darf. Ich meinte nicht, daß ich nie ääh ... ihr wißt schon. Aber ich mag es nicht, wenn jemand anders ääh ... nicht – oder vielmehr ääh ... gemein ist.

EDWIN Ich glaube, das waren jetzt wirklich alle, Adrian.

A. P. Gut. Jetzt stellt euch also gerade hin – Rücken zur Wand! Ich zähle bis drei. Denkt an all die Sachen, von denen wir gerade gesagt haben, daß wir sie so hassen! Ja, laßt uns nicht einfach schreien „*Ich* hasse dich". Laßt und schreien „*Wir* hassen dich", so laut wir können – laßt es uns wirklich gemeinsam fühlen! Fertig?

(Chor der Zustimmung)

A. P. Eins! Zwo! Drei!

ALLE Wir hassen dich!

A. P. Nicht schlecht! Gar nicht schlecht! Aber wir können das noch besser! Eins! Zwo! Drei!

ALLE *(mit beträchtlicher Lautstärke)* Wir hassen dich!!

A. P. Und noch mal! Laßt es echt raus! Eins! Zwo! Drei!!

ALLE *(inzwischen total bei der Sache)* Wir hassen dich!!!

A. P. Nur noch einmal! Eins! Zwo! Drei! Los!!

ALLE *(ein entsetzlicher Schrei)* WIR HASSEN DICH!!!

(Geräusch eines Körpers, der zu Boden plumpst, als MRS. FLUSHPOOL angesichts des Schocks zusammenbricht, daß ihr sieben Leute – einschließlich ihres Gatten – in jenem Augenblick Haß entgegenbrüllen, als sie am anderen Saalende durch die Tür kommt)

A. P. O nein! Wir wollten doch ganz besonders ...

(Getrappel von Füßen, da alle MRS. F. umringen, um ihr auf die Beine zu helfen)

CHARLES *(wild erregt)* Ich habe nicht *Sie* angeschrien – ich habe Joe Bugner angeschrien!

MRS. F. *(schwach)* Wie bitte?
EDWIN Es handelte sich bloß um einen unglückseligen Zufall,

Victoria. Was mich betrifft, ich habe den Teu – ääh ... jemand ganz anderen angeschrien. Und ich hoffe doch ...

VERNON *(tröstend)* Es war in Liebe ...

MRS. F. *(mit schrillem Entsetzen)* Wie kann man jemanden ins Gesicht brüllen, daß man ihn *in Liebe* haßt?

VERNON Sie verstehen mich nicht, Mrs. Flushpool. Wir haben unsere Imagination eingesetzt. Ich tat so, als hätte ich nichts an.

MRS. F. Eine Orgie! Stenneth, wie konntest du?

STENNETH *(klingt wie der Kapitän der Titanic, der kurz nach dem Aufprall sein künftiges Geschick bedenkt)* Victoria, mir fehlen die Worte ...

A. P. Es ist eigentlich ganz einfach zu erklären, Victoria. Wir haben eine Übung aus einen Theaterbuch gemacht, das ich gekauft habe. Man wird Aggressionen und so los, indem man so laut man kann „Ich hasse dich" schreit. Das haben wir gemacht. Sie sind zufällig in dem Augenblick reingekommen, als wir gerade unseren ääh ... Höhepunkt erreicht hatten, sozusagen. Es tut mir entsetzlich leid. Bitte vergeben Sie uns.

MRS. F. *(gnädig)* Im Fleisch hätten Sie mich gewiß unerbittlich erlebt. Nun aber hoffe ich, in die Lage versetzt zu sein, reflektive Erlösung auszuüben.

THYNN Schon, aber ist uns vergeben?

EDWIN Das hat Victoria gemeint, Leonard.

STENNETH Dann ist auch *mir* ääh ... vergeben, Victoria?

MRS. F. Selbstredend, Stenneth. Das ist schließlich eine biblische Forderung. Ich wäre jedoch brennend interessiert zu erfahren, was dein spezifisches imaginäres Objekt des Hasses gewesen sein mag.

STENNETH *(das Blut tropft von seinen Worten)* Na-natürlich, meine Liebe. Mein ääh ... Hauptobjekt des Hasses war, nun, eigentlich war es ääh ... es war ... *(blickt sich suchend nach den anderen um)* Heinrich der Achte! Nicht wahr, ihr alle?

EDWIN Ääh ... ja, ich glaube, es war so etwas ähnliches, Stenneth, ja.

THYNN *(versucht, hilfreich beizuspringen)* Ich dachte, es war Heinrich der Siebte ...

A. P. *(entschlossen)* Es war Heinrich der Achte, Leonard! Nicht wahr, Gerald?

GERALD Ja! Definitiv! Heini der Achte!

MRS. F. Ganz gewiß äußerst passend, Stenneth. Ein notorischer Bigamist!

A. P. Vielleicht könnten wir jetzt, falls Sie sich wieder in Ordnung fühlen, Victoria, zur zweiten Übung übergehen. Was meinen Sie?

MRS. F. Das kommt ganz darauf an, was die zweite Übung *ist*, Adrian. Mitnichten werde ich gute Miene zu unziemlichem Spiel machen.

A. P. Es ist wirklich ziemlich ziemlich, Victoria. Wir alle sitzen einfach im Kreis und denken friedvolle Gedanken, um sodann unsere geistigen Bilder miteinander auszutauschen. Es ist gewissermaßen das Gegenteil der ersten Übung. Anstatt an das zu denken, was man am meisten haßt, denkt man an nette, schöne Sachen, die machen, daß man sich glücklich und entspannt fühlt.

THYNN *(gedenkt des „Seid-nett-zu-MRS.-F.-Gelübdes“ und übertreibt wie üblich)* Liebe, süße, nette Mrs. Flushpool, seien Sie doch bitte so gütig und schließen Sie sich uns bei dieser winzigkleinen Übung an. Wir wären unsagbar traurig, wenn Ihr entzückendes Antlitz nicht sofort in unserem kleinen Kreis sichtbar wird.

MRS. F. *(überraschenderweise von Thynns Unsinn geschmeichelt)* Nun ja, natürlich, man will ja kooperativ sein. *(zu A. P.)* Sie sagten, wir sollten in einem Kreis sitzen?

A. P. Ääh ... ja, wenn wir einfach alle einen ungefähren Kreis auf dem Boden bilden könnten ...

(Allgemeine Bewegung, da alle versuchen, einen Kreis zu bilden. Eine Minute verstreicht)

EDWIN Ich denke, das ist ungefähr die größte Annäherung, die wir schaffen – eine Art ausgebuchtetes Oval.

A. P. In Ordnung! Also, wenn wir jetzt alle still sein könnten, um uns einfach auf etwas zu konzentrieren, was uns gute Gefühle gibt ...

(Kurze Stille, unterbrochen nur von Thynn, der heftig seufzt)

A. P. Könnten wir jetzt ääh ... einfach zurückkommen sozusagen? Irgendwelche Freiwillige, die den Anfang machen ...?

CHARLES Ich könnte einfach ...

A. P. Okay, Charles, schieß los!

CHARLES Nun, ich habe mir igendwie ein Stückweit vorgestellt, wie ich gestorben bin und von zwei himmlischen Cherubim emporgetragen wurde, bis ich mich in einer Stadt aus Gold wiederfand, in der ich mich einer Schar in weißen Gewändern zugesellte, die von Ewigkeit zu Ewigkeit Lob und Anbetung sang Dem, Der über allem und in allem ist, und Freude und Wonne erfüllten das Firmament!

A. P. Wundervoll! Leonard, wie steht's mit dir?

THYNN *(verträumt)* Ich fange gerade mein fünftes Glas *Theakston's Old Peculiar* an ...

A. P. Aah ja ... ääh, Vernon?

VERNON Ich habe mir ein wirklich riesiges Auditorium voll von Leuten vorgestellt, die auf die überragende Botschaft eines international gefeierten Evangelisten und Predigers reagieren.

A. P. Wer war der Prediger?

VERNON *(bescheiden)* Ich.

(Etwas Gelächter)

A. P. Nein, nein, das ist schön. Besser, ehrlich zu sein. Edwin? Hast du dir vorgestellt, du bist der Papst?

EDWIN *(lachend)* Ich fürchte, meins war sehr langweilig. Ich lag in der Sonne an einem wunderschönen Sandstrand und hörte den Möwen und anderen Geräuschen am Meeresufer zu. Herrlich. Nicht sehr heilig, fürchte ich ...

GERALD Meins auch nicht. Ich war beim Snooker-Spiel nur eine blaue, eine rosa und eine schwarze Kugel von einem 47er Break entfernt. Steve Davis saß auf seinem Stuhl daneben und sah so krank aus wie ein interessantes Schwein. *(seufzt)* Es war hinreißend.

A. P. Es war ein blühendes Wunder, wenn man bedenkt, daß der höchste Break, den du je gepunktet hast, 17 war!

GERALD Also, jetzt laß das, Paps! Als wir in Frank Braddocks Klub gespielt haben, habe ich 25 Punkte gemacht, und es wären 32 geworden, wenn ich als nächstes nicht versehentlich die schwarze Kugel getroffen hätte.

A. P. 25 Punkte, au Backe! Du hast schon nach 17 Punkten verschossen. Ich erinnere mich daran so klar wie an nichts sonst.

GERALD Das ist gut, gerade von dir! Du bist die einzige Person, die ich kenne, die *nach* einem Fehlstoß das Billardqueue einkreidet.

A. P. Na, und wer hat sich das Billardqueue in die Nase geschoben, als er abbrechen mußte und versucht hat, profihaft und cool auszusehen?

EDWIN *(mischt sich diplomatisch ein)* Adrian, du hast uns nicht erzählt, was deine ääh ... schönen Gedanken waren.

A. P. Was? Ach ja, richtig, tut mir leid. Ja, ääh ... eigentlich war ich einfach wirklich blank. Ganz gelassen und heiter, aber blank, inhaltslos, eines dieser leeren Löcher mit ...

GERALD Was uns wieder zu deinem Snooker-Spiel zurückbringt.

A. P. Bitte?

GERALD Leere Löcher ...

A. P. Jetzt paß mal auf, wenn du ...

STENNETH *(meilenweit entfernt, die Augen noch immer geschlossen, redet plötzlich mit tiefem amerikanischem Akzent)* Tapfer dahin zu gehen, wo kein Mensch zuvor gewesen ist ... Position fünf bitte, Mr. Sulu ... beam' mich hoch, Scotty ... Was in Teufels Namen ist *das*, Mr. Spock?

MRS. F. Stenneth!

STENNETH *(Kommt langsam zu sich)* Kondition rot! Ich meine ääh ... ja, Käpt'n – ich meine, ja, Victoria.

GERALD Wir können uns beim besten Willen nicht vorstellen, woran Sie gedacht haben, Stenneth.

(Allgemeine Heiterkeit)

STENNETH *(ziemlich verlegen)* Das war mal meine – meine Lieblingssendung, wißt ihr. Ich nehme an, weil alles so wundervoll abenteuerlich und aufregend wirkte. Man wußte nie genau, was als nächstes passiert, wohingegen ...

MRS. F. Ja, Stenneth? Wohingegen was?

STENNETH ... wohingegen mein eigenes Leben *(hastig)*, obschon in mancherlei Weise durchaus befriedigend, doch etwas ääh ... vorhersagbar gewesen ist.

(Pause, in der jedermann erwartet, daß MRS. F. ihren Gatten STENNETH verschlingt)

MRS. F. *(überraschend gedämpft)* Ich bin mir bewußt, Stenneth, daß dein Leben vielleicht nicht so erfüllt und ääh ... angenehm ist, wie es sein könnte. Ich bin mir auch bewußt, daß ich nicht schuldlos bin an deinem gelegentlichen – deinem fortwährenden Mangel an Zufriedenheit. Ich habe versucht, seit ich ...

STENNETH *(ehrlich verzweifelt)* Bitte, meine Liebe, du darfst nicht ...

MRS. F. Seit ich diese Rolle als – Engel angenommen habe, habe ich versucht, mich mir selbst als solch ein Wesen vorzustellen – mit wenig Erfolg, fürchte ich. Gerade versuchte ich, Frieden zu erlangen, indem ich mir Stenneth und mich an unseren Lieblingsorten und bei unseren Lieblingsbeschäftigungen vorgestellt habe – oder vielmehr bei jenen Beschäftigungen, von denen ich annahm, sie würden Stenneth Freude machen, ohne ihn je gefragt zu haben – und ich war völlig unfähig, richtig zur Ruhe zu kommen. Aus irgendeinem Grund hat mich die Herausforderung, mich selbst als Engel darzustellen, als Gottesboten also, etwas begreifen lassen, was ich, wie ich fürchte, schon längst gewußt habe. Nämlich daß ich trotz meiner Erlösung vom Fleischlichen noch immer ständig grob und unfreundlich zu anderen bin und – und ich … oh, lieber …

(Schluchz-, Schneuz- und Tempo-Taschentuch-Geräusche, als MRS. F. zum ersten Mal, an das sich jemand von uns erinnern kann, in Tränen ausbricht)

STENNETH Victoria, du weinst ja! Bitte wein' doch nicht, meine Liebe …

THYNN *(gutherzig, aber völlig daneben.)* Weinen Sie nicht, Mrs. Flushpool. Wir glauben nicht, daß Sie irgend etwas von dem sind, was Sie gesagt haben. Wir denken, Sie sind die netteste, freundlichste, wundervollste Person in der ganzen Gemeinde! Wir denken …

EDWIN *(übernimmt das Steuer mit jener stillen Autorität, die er mitunter zeigt)* Nein, Leonard – ich weiß, du versuchst bloß, freundlich zu sein, aber das ist jetzt nicht dran. Victoria, Sie beschämen mich. Ich hoffe nur, daß ich fähig sein werde, meine dunkle Seite ebenso scharf wie Sie zu offenbaren, wenn meine Zeit kommt. Wir vergeben Ihnen aus ganzem Herzen alles, was Sie je gesagt und getan haben und was uns geärgert hat, nicht wahr, ihr alle?

(Enthusiastische Zustimmung von allen, insbesondere von Stenneth, der seinerseits den Tränen nahe ist)

EDWIN Und Gott wird es auch tun, wenn wir ihn bitten. Möchten Sie, daß wir ein wenig beten, bevor wir mit der Probe weitermachen, Victoria?
MRS. F. *(flüsternd)* Ja bitte – ich würde ...
EDWIN In Ordnung, tun wir's. Liebender himmlischer Vater, wir bitten – Leonard, nimmt dein Gerät da drüben auf?
THYNN Ja, das tut es. Willst du, daß ich ...?
EDWIN Mach es aus, sei so gut!

(Geräusch von Schritten, gefolgt von einem Klick!, als das Tonbandgerät abgestellt wird)

SECHS

Anne vollbringt das Kunststück

Es war ganz richtig, daß Edwin Leonard aufgefordert hat, das Aufnahmegerät auszuschalten, als wir mit Victoria zu beten begannen. Das sollte lieber vertraulich bleiben. Aber niemand dachte daran, es wieder anzustellen. Ich tat so, als hätte ich Mitleid mit Leonard, als wir merkten, daß eine gesamte Probe undokumentiert blieb, aber ich war eigentlich ganz froh. Es war gar nicht das Lernen. Ich war positiv überrascht, wie gut alle den Text beherrschten. Leonard war ziemlich verstört, als er herausfand, daß er fast nichts zu tun hatte.

Zunächst hatten wir eine Leseprobe, die sehr gut lief. Der nächste Teil war es, der etwas verwirrend geriet. Vielleicht versuchte ich, ein ganz klein wenig profimäßiger aufzutreten, als ich eigentlich bin. Ich wollte die propere Theater-Terminologie benutzen, wie sie das im *Dritten Buch theatralischer Themen für theologische Thespianer* taten, aber ich beging den Fehler, die Begriffe am Anfang nicht hinreichend zu erklären. Ich heftete den Blick auf eine Reihe von Handskizzen, die ich am Vorabend gezeichnet hatte, und ließ einen derart komplizierten Schwall von Anweisungen los, daß sich schließlich alle miteinander frustiert in eine Saalecke drängelten und auf mich sauer waren. Die Situation entspannte sich zusehends, als ich erklärte, was „linke Bühne", „rechte Bühne", „Oberbühne" und „Unterbühne" bedeuten. Percy wußte es natürlich schon, Gerald ebenso, aber die anderen brauchten einige Zeit, um es zu begreifen. Ich war zutiefst dankbar, daß Thynn nicht zur agierenden Truppe gehörte. Er tut sich selbst zu seinen besten Zeiten schwer, links und rechts auseinanderzuhalten.

Die Löwen waren anfangs ein bißchen mickrig. Dann schlug Gerald vor, sie sollten sich vorstellen, wie sie in der Kirche sitzen, während George Farmer – nach 45 Minuten – gerade an jene Stelle seiner Zwölf-Gummibärchen-Predigt gelangt ist, wo er sagt: „Dies ist ein besonders wesentlicher Punkt, auf den ich später noch eingehender zurückkommen werde ..." Danach legten sie tatsächlich ein wenig mehr Aggression in ihr Brüllen. Ich mußte Leonard davon abhalten, mitzubrüllen, aber sie hatten meine volle Sympathie – unser aller volle Sympathie.

Im ganzen war die Schauspielerei gar nicht übel. Percy war vielleicht eine Spur zu sehr Theater-Ritter, und Victoria neigte dazu, hereinzuschweben wie die gute Fee in Dornröschen, aber das Niveau schien alles in allem beachtlich, und als wir fertig waren, wußten alle in Grundzügen, wo sie hinlaufen mußten und was sie zu tun hatten. Gloria und Norma waren auch da, saßen an der Seite und kicherten, wenn ich etwas falsch machte. Anne und Mrs. Thynn kamen später auch vorbei. Mrs. Thynn versicherte mir, daß sie die Löwenkostüme für die nächste Probe vorbestellt hätte, und Norma kümmerte sich in vorbildlicher Weise um all die anderen Kleidungsstücke, so daß auch dieser Part der Veranstaltung in guter Obhut zu sein schien. Gloria sagte, die Schminkerei sei so einfach, daß es keinen Grund gäbe, sie schon vor der zweiten Probe auszuprobieren, die zugleich Kostüm- und Generalprobe sein mußte. Es gab nur noch ein größeres Problem. Am Ende der Probe kam Anne zu mir und flüsterte mir die Frage zu, die ich mir selbst schon den ganzen Abend gestellt hatte: „Schatz, wo in aller Welt stecken bloß Elsie und William?"

„Ich weiß nicht", zischte ich. „Ich wünschte, ich wüßte es. Ich habe vorhin Edwin gefragt, wo Elsie ist, aber er hat gesagt, soviel er weiß, würden sie kommen. Ich könnte die beiden erdrosseln – einfach je nach Bock wegzubleiben!"

Ich schnappte mir Edwin, kurz bevor er ging, und fragte ihn, ob er seine Tochter auszufragen gedächte, was los sei, aber er lächelte bloß und sagte: „Adrian, ich werde sie ungemein ärgern, indem ich so tue, als hätte mir ihr Fehlen heute abend überhaupt keine Sorgen gemacht. Ich glaube, sie sollte das mit dir ausmachen – oder vielleicht mit dir und Anne."

Im späteren Verlauf des Wochenendes rief ich Elsie an und fragte sie so beiläufig wie möglich (angesichts der Tatsache, daß ich in Wirklichkeit in die Luft gehen wollte), ob sie an der Probe am kommenden Freitag teilzunehmen gedenke. Nach einer kurzen Pause sagte sie: „Ja, ich nehme es an." Ich überwand die Versuchung, laut zu fluchen und fragte sie, ob sie eine halbe Stunde früher kommen könnte, so daß wir ein wenig plaudern könnten. Sie sagte noch zögerlicher: „Ich nehme an, wir können das tun, wenn es sein muß, ja." Ich sagte sehr ruhig danke, ging sodann in den Garten und drosch eine Weile mit einem Stock auf die Hecke ein.

Am nächsten Freitag fühlte ich mich angespannt. Thynn machte es auch nicht besser, indem er mit seiner allgegenwärtigen Maschine eine dreiviertel Stunde zu früh ankam – total aufgekratzt angesichts der Kostümprobe und insbesondere über das Anprobieren der Soldatenuniform, die Norma für ihn zu besorgen versprochen hatte. Ich sagte ihm, er müsse Leine ziehen, während Anne und ich mit Elsie und William redeten. Ein bißchen motzend trollte er sich, um einen Pfirsich zu kaufen und George Farmer in dessen Obstgeschäft um die Ecke auf die Nerven zu gehen.

Es war wahrscheinlich ein guter Einfall von Anne, daß sie allein mit dem Pärchen reden wollte. Sie sagte, mit dem Stück im Kopf und meiner Wut im Bauch würde ich zwei Minuten nach Beginn der Unterhaltung unweigerlich in meine Basil-Fawlty-Haltung verfallen. Keiner von uns bemerkte, daß Leonard seine Maschine angelassen hatte, als er hinausging. Ganz gewiß hätten wir sie ausgeschaltet, wenn wir es bemerkt hätten. Ich war ziemlich erstaunt, daß Elsie damit einverstanden war, daß das folgende Stück in die Buchveröffentlichung aufgenommen wird. Sie ist im Grunde ihres Herzens doch ein gutes Mädchen.

Ich habe mit der Nachschrift an jener Stelle begonnen, wo sich Anne in der Ecke mit Elsie und einem sehr unwohl dreinblickenden William niedergelassen hat.

ANNE Elsie und William, ihr wißt, warum Adrian euch gebeten hat, früher zu kommen, nicht wahr?

ELSIE *(bockig)* Nein!

WILLIAM Ich nehme an, es ist wegen ...

ELSIE William weiß auch nicht, warum.

ANNE Stimmt das, William?

ELSIE Er hat nicht ...

ANNE Du willst doch, daß William die Wahrheit sagt, oder etwa nicht, Elsie?

ELSIE *(schmollend)* Natürlich – ich bin schließlich Christin.

ANNE Also dann, William?

WILLIAM Na ja, ääh ... Ich nehme an, es geht darum, warum wir letzten Freitag nicht da waren, oder?

(Unbetroffenes Naserümpfen von Elsie)

ANNE Das ist absolut richtig. Adrian und all die anderen haben euch beide am Freitag sehr vermißt. Ihr seid entscheidend für das Stück, und ihr wart einfach nicht da. Wir wollen uns nicht über euch aufregen, wir wollen bloß verstehen. Hat euch irgend etwas geärgert, was Adrian oder sonst jemand zu euch gesagt hat?

ELSIE Es hat mich ein ganz kleines bißchen gewurmt, daß meine Gedichte schlankweg abgelehnt wurden, ohne daß ein Grund dafür angegeben wurde, und ich verstehe nicht ganz, warum ich in diesem Stück ein Junge bin. Aber, wie ich Mr. Plass bereits neulich mitgeteilt habe, ich bin Christin und vergebe ihm deshalb.

ANNE Wirklich?

ELSIE Natürlich. Ich bin ...

ANNE Aber das ist nicht der Grund, weshalb ihr am Freitag nicht erschienen seid?

ELSIE Nein, das nicht. Es ist – sag es Anne, William.

WILLIAM *(unsicher)* Nun ja, Elsie hatte das Gefühl ...

ELSIE *Wir* hatten das Gefühl!

WILLIAM *Wir* hatten das Gefühl, daß ääh ... na ja, daß, wenn es sein sollte, daß ääh ... sein äh ... also ...

ELSIE *(nach lautem Räuspern)* Wir hatten das Gefühl, daß Gott, wenn er will, daß dieses Stück aufgeführt wird, dafür sorgen würde, daß es an diesem Abend auch so in Ordnung geht, und daß wir geführt wurden, unseren Glauben dahingehend einzusetzen, daß wir der Meinung waren, was wir tun, würde in Ordnung gehen, wenn wir Gott nicht kleinmachen, indem wir es aus eigener Kraft machen ...

WILLIAM Und es gab einen Film im Kino, auf den wir uns gefreut hatten, so ...

ELSIE *(hastig und puterrot)* Es war nicht deswegen! Das war nichts als ein – Zufall. *(mit mehr Selbstsicherheit)* Nach dem Abendbrot am Freitag hatten William und ich eine Gebetszeit, und da fühlten wir, daß es wirklich richtig ist, nicht zur Probe zu gehen, nicht wahr, William?

WILLIAM *(unglücklich)* Na ja, zuerst hast du es gefühlt. Und dann – dann habe ich ääh ... sozusagen ... ich nehme an ... eigentlich wäre ich wirklich gern hingegangen.

ANNE Zur Probe, meinst du?

WILLIAM Ja, sehen Sie ...

ELSIE William!

WILLIAM *(Stimme, die nach glänzenden Augen klingt)* ... Ich weiß nicht, ob es Mr. Plass Ihnen gegenüber erwähnt hat, aber ich hatte ein oder zwei Ideen über den Einsatz von Rauch in diesem Stück. Deswegen war ich eigentlich ziemlich scharf, ääh ... dabeizusein, aber ...

ANNE Aber Elsie hat es dir ausgeredet?

ELSIE Nein, wir *beide* dachten – ich habe Ihnen doch gesagt, wir hatten eine Gebetszeit!

ANNE Elsie, mein Schatz, erinnerst du dich daran, wie du ein sehr kleines Mädchen warst und einen gelben Kanarienvogel hattest?

ELSIE *(überrascht und den Tränen nicht ferne)* Ja ... er hieß Sammy ...

ANNE Erinnerst du dich, wie du eines Sommers in die Ferien gefahren bist und bei mir vorbeigekommen bist, um zu fragen, ob ich mich um Sammy kümmern könnte?

ELSIE *(ein leises Stimmchen)* Ja.

ANNE Du warst sehr ernst und sehr besorgt, und ich mußte dir zwei- oder dreimal versprechen, daß ich ihn jeden einzelnen Tag ohne Ausnahme füttere, bis du wiederkommst. Erinnerst du dich, meine Liebe?

ELSIE Mmm, ja ...

ANNE Aber ich wette, du hast jede Nacht, solange du weg warst gebetet, daß ich es nicht vergesse. Stimmt's?

ELSIE Ja, ich habe meine Augen immer ganz fest zugequetscht und gesagt: „Bitte, bitte, bitte, lieber Gott!"

ANNE Und wie ging's ihm, als du nach Hause gekommen bist?

ELSIE Gut – in Ordnung. Er war in Ordnung, Anne.

ANNE Du hast nicht erwartet, daß Gott ihn füttert, solange du weg warst, oder, meine Gute?

ELSIE 'türlich nicht ...

ANNE Mit dem Stück ist es genauso, Elsie. Wir müssen beten, als ob alles arbeiten nichts hilft, und wir müssen arbeiten, als ob alles beten nichts hilft. Ich weiß nicht, wer das gesagt hat, aber ich denke, er hat recht.

ELSIE Mmm, na ja, vielleicht ...

ANNE Jedenfalls – seien wir ehrlich – war das nicht das eigentliche Problem.

ELSIE *(sehr still)* Was meinen Sie damit?

ANNE Na ja, du sagst, du hättest Adrian die Sachen vergeben, von denen du dich verletzt gefühlt hast; aber das funktioniert nicht automatisch, bloß weil du Christin bist. Man muß darüber beten, nachdenken, etwas unternehmen und es wirklich *fühlen.* Du bist noch immer ziemlich sauer darüber, daß dein Gedicht nicht genommen wurde, und über die anderen Sachen auch, hab' ich recht?

ELSIE Na ja ...

ANNE Na ja?

ELSIE Ja, nehme an, ich bin ... *(plötzlich leidenschaftlich)* Ich seh' nicht wie ein Junge aus! Tu' ich doch nicht, oder, Anne?

ANNE *(lacht voller Mitgefühl)* Keiner hat je behauptet, daß du das tust, Elsie! Falls du es wissen mußt – Adrian wollte dich als Diener haben, weil er wußte, daß du, sobald du erst einmal bei einer Sache dabei bist, deine ganze Begeisterung hineinlegst. Er wollte einfach, daß du mitmachst. Und was das „Aussehen wie ein Junge" betrifft – weißt du, was Adrian seinerzeit zu mir gesagt hat, als du angefangen hast, mit Gerald zusammenzusein?

ELSIE *(begierig)* Ist mir egal ...

ANNE Er hat gesagt: „Wer hätte Gerald zugetraut, daß er bei so einer heißen Braut landet."

ELSIE *(hoch erfreut errötend)* Hat er das wirklich gesagt?

ANNE Würde ich dich anlügen, Elsie?

ELSIE *(ohne Wenn und Aber)* Nein, Anne, du lügst nicht. *(Pause)* Hat er das wirklich gesagt?

WILLIAM *(ungläubig)* Über Elsie?

ELSIE William!

ANNE Und dann, Elsie, sehen wir den Fakten ins Gesicht: Du bist nicht die einzige, deren Einfall abgelehnt wurde, oder? Da waren noch Charles und Vernon und Percy und Leonard und sogar Gerald – obwohl ich nicht glaube, daß es der wirklich ernst gemeint hat.

(Pause)

ELSIE Bin ein bißchen blöd gewesen, nicht wahr?

ANNE Ich denke, du solltest dich bei William entschuldigen, oder? Er wäre am Freitag hier gewesen, wenn es nicht deinetwegen gewesen wäre. Stimmt doch, Elsie, oder?

(Längere Pause)

ELSIE *(zögernd, aber tapfer)* Tut mir leid, William, ich war blöd.
WILLIAM *(fröhlich)* Soll das heißen: Volldampf voraus mit dem ollen Rauch?

(Geräusch, als ich durch die Tür komme und versuche, so zu gukken, als hätte ich nicht gelauscht)

A. P. Bin wieder da! Alle und alles in Ordnung?

(Geräusch von Elsie, die herüberkommt und mich auf die Wange küßt)

A. P. *(total verblüfft)* Wofür ist das?
ELSIE Das war ein Kuß von einer kleinen heißen Braut. Tut mir leid, daß ich Freitag nicht da war, Mr. Plass, und William tut's auch leid, obwohl es nicht seine Schuld war. Aber es tut ihm leid, stimmt's, William?
WILLIAM Häh? Oh ja! Und jetzt laßt uns über Rauch reden ...

Anne hatte tatsächlich das Kunststück geschafft. Elsie hätte nicht fröhlicher und begeisterter bei der Sache sein können, als sie es für den Rest der Probe war. Nichtsdestotrotz war es *sehr* schwere Arbeit. Alle kamen sie dieses Mal – die ganze Sippschaft! Edwin war da und der Rest der Schauspieler, nervös und aufgeregt, Norma und Mrs. Thynn, komplett ausgestattet mit schwarzen Gewändern und Löwenkostümen, Richard, der mit seinem Scheckbuch rumhampelte und nach „legitim anfallenden Aufwendungen" forschte, und Gloria, bewaffnet mit einer Make-up-Kiste, Handtüchern, Reinigungscreme und weiteren aufreizenden Döschen und Tübchen.

Ich fühlte mich bei dem Gedanken ziemlich nervös, daß diese kleine Schar, die geräuschvoll im Saal herumwuselte, darauf angewiesen war, daß ich alles auf die Reihe kriege. Meine Zuversicht wurde auch nicht durch die Entdeckung gemehrt, daß sich plötzlich Thynn, gerade als die letzte Person geschminkt war und wir alle bereit waren anzufangen, in Luft aufgelöst hatte, nachdem er erst eine dreiviertel Stunde zu früh erschienen war. Nach weiteren fünf Minuten (in deren Verlauf ich nicht geflucht habe, da ich, wie Elsie sagen würde, Christ bin) kam er hereingestürzt, schleppte eine große Plastiktüte voll von Georges Äpfeln mit sich und schrie: „Hast du meine Uniform mitgebracht, Norma?" Auf Norma kann man sich verlassen. Sie ist nicht nur charmant und hübsch und, na ja ... so was alles, sondern sie vergißt auch nie ein Versprechen. Innerhalb weniger Minuten tauchte Leonard aus unserem kleinen improvisierten Umkleideraum auf und trug die weiße Uniform und den federbebuschten Helm eines, wie ich vermutete, französischen Kolonialoffizierts aus dem 19. Jahrhundert oder so ähnlich. Das ideale Kostüm für einen Souffleur! Er war überglücklich und sagte, die Uniform sei sogar noch besser als die, die ihn seinerzeit Miß Glanthorpe hat tragen lassen.

Die Löwen sahen eigentlich gar nicht so übel aus. Die Kostüme waren Kopfmasken mit löwenartigen Umhängen und keine Ganzkörperdinger; so sahen sie nicht ganz so albern aus, wie sie hätten aussehen können. Ich hatte dem Phantom der Oper ein paar Tage vorher einen Besuch abgestattet und ihm das griesgrämige Versprechen abgerungen, daß die Löwen nicht allzu grell beleuchtet würden. So fühlte ich mich eigentlich recht optimistisch und schämte mich ein wenig ob meiner Zweifel im Blick auf Mrs. Thynns Zuverlässigkeit. Sie sagte, der Mann vom Kostümverleih hätte ihr gesagt, er würde kaum jemals nach den drei Löwenkostümen gefragt, deshalb hätte sie sich entschlossen, sie morgen zurückzubringen und sie nächsten Freitag am Vormittag, kurz vor der Vorstellung, erneut auszuleihen. Das würde die Sache billiger machen. Richard nickte beifällig. Auch ich – welch ein Idiot! – tat dasselbe, wobei mir die tiefere Bedeutung ihrer Worte völlig entging. Eine Woche später sollte ich mich dieser ihrer Worte nur zu gut entsinnen ...

Schließlich nahm die Probe einen wirklich guten Verlauf. Sie alle schienen Text und Bewegungen perfekt zu beherrschen – bis zu Percys vorletzter Rede beim letzten Durchlauf.

PERCY *(klingt wie eine Kreuzung zwischen Topol und Sir Olivier)* Gottes Diener, hör mein ... *(Pause)*

THYNN *(sein erster Einsatz an diesem Abend)* Flehen.

PERCY *(gereizt)* Ich brauche kein Soufflieren, Leonard! Das war eine dramatische Zäsur – eine geplante dramatische Zäsur! *(zu A. P.)* Ich werde abermals mit meiner Rede anheben.

A. P. In Ordnung, Percy, das ist gut. Alle noch mal ab „Gottes Diener, hör mein ..." Leonard, sag nicht ein, außer, wenn es die Leute wirklich nötig haben, okay?

LEONARD Na schön ...

A. P. Auf geht's, Percy.

PERCY *(nach einigem Räuspern)* Gottes Diener, hör mein – Flehen!

(Lautes Knirschgeräusch, als Thynn in einen seiner Äpfel beißt)

ALLE Pscht! Sei leise! Still! etc.

PERCY *(durch Thynns donnernde Beißlaute aus dem Konzept geraten)* Sah dein Gott dich gnädig an? *(lange Pause)* Ääh ... *(längere Pause)*

A. P. Na los doch, Leonard! Prompt!

THYNN *(nachdem er fast einen halben Apfel auf einmal runtergeschluckt hat und dabei beinahe tödlich erstickt wäre)* 'tschuldigung! Dachte, das war noch 'ne dramatische Dingsbums! Ääh ... wo sind wir? Ach ja, hier sind wir, Percy. Darf auch ich lebendig dich noch ...

PERCY DARF ich vielleicht meine Rede nochmals beginnen, FALLS du erlaubst?

A. P. *(säuerlich)* Ja doch! Los geht's!

(Weiteres lautes Krachen, als THYNN wahnwitzigerweise in einen weiteren Apfel beißt)

PERCY *(entschlossen, es diesmal hinzukriegen)* Gottes Diener, hör mein Flehen!

Sah dein Gott dich gnädig an?
Darf auch ich lebendig dich noch sehen?
Ääh ... prompt!

THYNN Dahniehlschbüttisch ...
PERCY Was?
THYNN Tannelchbühtüsch ...
PERCY Ich verstehe kein Wort von dem, was Sie sagen, Thynn!
THYNN Danhillsch ...

(Geräusch von RICHARD COOK, der THYNN plötzlich mit roher Gewalt auf den Rücken haut, gefolgt von Ausrufen der

Abscheu und des Ekels, nachdem die Mitglieder der Schauspieltruppe mit halbzerkauten Apfelstückchen abgeduscht worden sind)

A. P. Leonard, ich denke, als Faustregel empfiehlt es sich, davon auszugehen, daß Apfelkonsum und Soufflieren nicht gleichzeitig gehen. Was meinst du?

THYNN Ääh ... ja, du könntest recht haben ...

(Hustenanfall)

Danach schafften wir es bis zum Ende des Durchlaufs ohne irgendwelche Vorfälle, und ich ließ alle zu einem letzten Gespräch im Kreis sitzen, bevor wir nach Hause gingen. Im *Dritten Buch theatralischer Themen für theologische Thespianer* hieß es, es sei nicht sinnvoll, irgend etwas zu sagen, was das Selbstvertrauen herabsetzt, deshalb war ich entschlossen, um jeden Preis positiv zu sein.

(Tumultartiges Stimmengewirr)

A. P. Schön! Wenn wir ein klein bißchen Stille ...

(Tumult ebbt langsam ab)

EDWIN Pscht, Leute! Adrian will mit uns reden.

A. P. Danke, Edwin. Ääh ... ich wollte eigentlich bloß sagen, daß ihr alle erstaunlich gut wart. Ich kann nicht glauben, daß es nach bloß zwei Proben so prima ist. Gut gemacht! Ich meine nicht bloß das Spielen. Ich meine die Kostüme und die Maske und ...

THYNN Das Soufflieren.

A. P. Und das ääh ... Soufflieren, ja. Also, alles, was ich sagen wollte, habe ich im Verlauf des Abends gesagt. Jetzt ist es für euch erst mal vorbei. Ist noch was offen?

MRS. T. Wer ist versoffen?

THYNN WAS OFFEN, MUTTER! IST NOCH WAS OFFEN?!!

STENNETH Ääh ... ich habe eine Frage.

A. P. Ja, Stenneth?

STENNETH Ich wollte bloß wissen, ob wir vielleicht die Kostüme behalten können, wenn die Aufführung vorbei ist. Ich muß zugeben, es macht mir ziemlich viel Spaß, ein – ein Löwe zu sein ...

GERALD Heh, gut gekeucht, Stenners! Wir könnten gemeinsam bei Nacht die Straßen unsicher machen und die Pinten mit unserem blutdürstigen Brüllen terrorisieren. Wir könnten im Shopping-Center Christen vernaschen und ...

A. P. Danke, Gerald. Tut mir leid, Stenneth, aber die Kostüme sind nur ausgeborgt. Ich nehme an, Sie können jederzeit eins kaufen, falls Sie es ääh ... zu Hause benutzen wollen.

GLORIA Ich habe zu Hause einen Aerobic-Anzug mit Leopardenmuster, Stenneth, Süßer. Wir könnten uns zusammentun und ...

MRS. F. Ääh ... könnte ich einfach erfahren, Adrian, ob Sie meinen, daß meine Darstellung als ääh ... ein – ein Engel mehr oder weniger ääh – zufriedenstellend ist, oder ...

(Erstaunlicher Chor der Bestätigung und des Lobes von allen anderen im Kreis)

A. P. Tja, da haben Sie Ihre Antwort, Victoria.

STENNETH Du wirst täglich engelsgleicher, meine Liebe, wenn ich so sagen darf.

NORMA Ich stimme zu, Victoria. Es war wirklich ganz entzückend, heute abend mit Ihnen zusammenzusein. Sie wirken so süß und entspannt.

THYNN *(tolpatschig-taktlos)* Zur Abwechslung.

(Chor des Mißfallens in Richtung THYNN von allen anderen im Kreis)

MRS. F. Nein, nein, Leonard gibt nur der Wahrheit die Ehre. Ich fühle mich irgendwie – anders. Vielleicht war doch noch mehr Fleischliches in meiner Persönlichkeit beheimatet, als mir bewußt war . . .

ANNE Sie *sind* anders, Victoria, und das ist wundervoll. Noch was, Adrian – wie steht's denn nun mit Williams Rauch? Wir haben eigentlich noch gar nichts davon zu sehen gekriegt, oder?

WILLIAM Ach so, ja, nun . . .

A. P. William will – mach weiter, William, sag du's!

WILLIAM Adrian und ich, wir haben uns auf ein paar Stellen geeinigt . . .

A. P. *Zwei* Stellen!

WILLIAM Ääh . . . ja, auf zwei Stellen, wo gewaltige Rauchmassen . . .

A. P. Eine *bescheidene* Menge Rauch!

WILLIAM Zwei Stellen, wo eine bescheidene Menge Rauch echt geil aussehen würde!

PERCY Ich hoffe, dieser Rauch wird nicht der Einnebelung eines der Haupt . . . ääh . . . darsteller dienen. Wo befinden sich besagte zwei Stellen?

WILLIAM Na ja, eine ist . . .

A. P. Keiner wird eingenebelt werden, Percy. Das erste bißchen kommt gleich nach Geralds Eröffnungsrede, wenn wir die Löwen erstmals sehen, und das zweite kommt nach Victorias Engelsrede, kurz bevor das Licht ganz ausgeht. In Ordnung?

PERCY Das klingt einigermaßen befriedigend. Ich gehe im übrigen davon aus, daß mein Auftritt von hinreichend hohem Niveau war?

ANNE *(spürt die Angst hinter Percys beiläufig gestellter Frage)* Percy, Sie waren genauso wundervoll, wie ich immer dachte, daß Sie sein würden. Ihr König Darius ist ein *echter* König!

GLORIA Sie sind *hinreißend*, Percy-Schatz! Lecker! Ich könnte Sie auf der Stelle aufessen!

VERNON Ja, Charles und ich denken, Sie sind wirklich großartig, Mr. Brain!

CHARLES Ja, einfach wirklich irgendwie ein Stückweit ...

PERCY *(dessen Aufgeblasenheit mittlerweilen jeglicher Beschreibung spottet)* Leonard? Was halten Sie von meiner Darstellung?

THYNN Die Wucht in Dosen, Percy, Liebling! Absolut schmatzig! Was halten Sie von meinem Soufflieren, Herzchen?

(Allgemeine Erheiterung)

PERCY *(von oben herab)* Ihr Soufflieren ist singulär, Leonard. Ich denke, das ist der angemessene Terminus – singulär!

THYNN Danke, Percival. Warten Sie mal – was bedeutet „singulär"?

A. P. Es bedeutet wunderbar! Richard, bist zu zufrieden mit der Finanzlage?

RICHARD Ich bin erfreut, vermelden zu dürfen, daß unser finanzieller Status quo mehr als zufriedenstellend ist. Wir haben ääh ... mehrere Ameisenbären übrig, sozusagen.

GERALD *(der nicht bei dem Treffen anwesend war, bei dem Richard seinen Traum offenbarte)* Mehrere Ameisenbären? Ist das die neue Währung, die sie bei Nacht und Nebel eingeführt haben, als ich nicht aufgepaßt habe? Laß mich raten, wie sie funktioniert:
Sechs Waschbären gleich ein Ameisenbär.
Zwei Ameisenbären gleich ein Iltis.
Drei Iltisse gleich ein Yak.
Fünf Yaks gleich ein haariger Mammut.
Hast du Wechselgeld für einen Gibbon, Paps? Ich brauche eine Springmaus für die Kaffeemaschine. Denke mir ...

A. P. Gerald, Richard hat einen kleinen Scherz gemacht über ...

CHARLES *(erstaunt)* Hast du wirklich gescherzt, Vater?

RICHARD Ich habe einen lockeren Bezug zu einem prophetischen Traum hergestellt, der mir kürzlich in Zusammenhang mit den finanziellen Arrangements gesandt wurde, die mit dieser Theater-Produktion zusammenhängen.

GERALD *(echt entsetzt)* Über Ameisenbären?

RICHARD Ja, ich sah gleichsam eine mächtige Schar von ...

THYNN Singulär bedeutet „bloß einer", nicht wahr? Sehr gute Beobachtung von Ihnen, daß es mich nur einmal gibt, Percy. Auf den Punkt gebracht!

PERCY Das habe ich *nicht* gemeint. Ich meinte ...

GERALD Was haben Sie gemacht, Richard?

RICHARD *(feierlich)* Sie sind in Formation geflogen.

PERCY Ich habe gemeint, Leonard, wenn Sie es genau wissen wollen, daß Ihr sogenanntes Soufflieren abscheulich war.

THYNN Na gut, dann ist ja alles in Ordnung!

(Gelächter)

GERLAD Erzähl uns alles über die Ameisenbären, Richard.

A. P. *(hastig)* Ich denke, wir kommen ein wenig vom Thema ab, nicht wahr? Gibt es weitere Fragen im Zusammenhang mit dem Stück?

ANNE Ich bin sicher, daß wir alle in allgemeiner Form für das beten, was am nächsten Freitag passiert, Schatz, aber ich habe mich gefragt, ob es nicht gut wäre, wenn Edwin ein kleines Gebet sprechen würde, bevor wir heute abend aufbrechen.

A. P. Klingt gut für mich. Was denken die anderen?

ALLE Ja/ Gute Idee/ Mmm/ Mach schon, Edwin etc.

EDWIN Okay, beten wir. *(pausiert)* Lieber Herr. Ich habe nicht viel mit Daniel gemeinsam – weiß nicht, wie ich mit den Löwen zurechtkäme, würde wahrscheinlich gefressen werden, aber ich liebe dich, und ich würde versuchen, dir zu vertrauen. Ich hoffe, das machen wir alle nächsten Freitag – dich lieben und versuchen, dir zu vertrauen. Wir wissen eigentlich nicht, was man letztlich „Erfolg" nennen soll, außer daß es das ist, was du willst. Paß auf uns auf, Herr, achte darauf, daß wir dich und einander lieb behalten, und danke für alles in der Vergangenheit, jetzt und in Zukunft. Im Namen Jesu.

ALLE Amen.

(Klick! als Thynn den Apparat ausschaltet)

SIEBEN

Ente gut – alles gut

In der Woche, die der Aufführung voranging, schlief ich nicht viel. Jede Nacht lag ich wach und stellte mir all die Sachen vor, die bei „Daniel in der Löwengrube" schiefgehen könnten. In der Nacht von Mittwoch träumte ich, daß Percy Brain, bekleidet mit einem Leopardentrikot und einen rosa Ameisenbär an der Leine führend, über die Bühne lief, um dort mit einem riesigen Apfel zusammenzuprallen, den Thynn von irgendwo oben zwischen den Schweinwerferlichtleisten fallen ließ. Als ich mich umwandte, um herauszufinden, was mein Nachbar im Publikum davon hielt, fand ich heraus, daß ich direkt neben König Pinguin in Abendgarderobe saß, der mich fragte, ob er meine Füße ausleihen könnte. Dann wachte ich auf . . .

Bis Freitagabend waren meine Nerven derartig ruiniert, daß Anne vorschlug, ich solle Edwin bitten, das Kommando hinter der Bühne zu übernehmen, so daß ich nur noch herumgehen und allen viel Glück wünschen müßte, um dann zusammen mit Anne meinen Platz im Publikum einzunehmen und von vorn zuzuschauen. Das war eine gute Idee. Edwin versagt nie. Er schien recht glücklich zu sein, diese Rolle zu übernehmen, als ich ihn anrief. Deswegen machten wir es so ab.

Es gab acht Bewerber bei dem Wettbewerb des Festivals; vier davon waren vor der Pause angesetzt und vier danach. Unser Stück war direkt nach der Pause dran. Um 19.20 Uhr war der Saal gerammelt voll. Acht ortsansässige Gemeinden waren stark vertreten; dazu kam noch die übliche Menge von Leuten, die aus Interesse oder Neugier gekommen waren. Ganz hinten saß das Phantom der Oper hinter einem höchst unkompliziert wirkenden Kontrolltisch, umgeben von unzähligen Zetteln und Tonkassetten. Irgendwo zwischen dem ganzen Kram – so nahm ich an – lagen auch unsere Beleuchtungsanweisungen und ein Band mit Löwengebrüll, das William täuschend echt imitiert hatte, indem er durch die Außenhülle einer Streichholzschachtel gepustet hatte.

Um 19.28 Uhr erschien Thynn durch die Seitentür, die hinter die Bühne führte, grapschte sich in Eile eine riesige Porzellangiraffe von einem Sitz in der ersten Reihe und entschwand wieder durch dieselbe Tür – zur großen Verblüffung derjenigen, die in der Nähe der Giraffe gesessen und die Anwesenheit des Tieres sehr lebhaft diskutiert hatten. Als gegen 19.35 Uhr die letzten paar Leutchen hereintröpfelten, verloschen die Lichter, und Mr. Lamberton-Pickney, der in unserer Gemeinde einer Gruppe namens „Liga gegen Schmutz und Schund" vorsteht, schritt nach vorne, um seinen Pflichten als Zeremonienmeister dieses Abends zu obliegen. Ich weiß nicht, wie ich während dieser ersten Hälfte der Darbietungen stillsitzen konnte. Die vier Darbietungen waren bemüht, aber langweilig, und schienen sich wochenlang hinzuziehen. In keiner von ihnen fand sich auch nur eine Spur von Humor – Massen von Tod und Buße, und das alles auch noch bodenlos mies umgesetzt. Unser Stück war natürlich auch nicht gerade eine Komödie, aber wenigstens enthielt es ein bißchen Dramatik und Leidenschaft – und Rauch! William hatte sich neben das Phantom der Oper postiert und war bereit, zum gegebenen Zeitpunkt zur Tat zu schreiten. Ich fing an, mich ganz hoffnungsvoll zu fühlen.

Zur Halbzeit erhob sich das Publikum dankbar von den Plätzen, um Tee und Keksen entgegenzustreben, während ich mich auf den Weg hinter die Bühne machte, um zu sehen, wie alle zurechtkamen. Sie befanden sich alle in einem der Umkleideräume, wo sie sehr eng beisammenstanden oder -saßen, als warteten sie auf irgendwas. Thynns Apparat lief.

(Geräusch einer sich öffnenden und wieder schließenden Tür, als A. P. eintritt. Stimmengewirr versiegt augenblicklich)

A. P. *(unsicher, aber hell)* Hallo, ihr! Alles in Ordnung?

VERNON Wir haben ein ...

EDWIN Alle sind geschminkt, die es sein müssen, Adrian. Gloria hat großartige Arbeit geleistet. Das ist also in Ordnung. Gerald und Percy und Elsie und Victoria und ich haben unser Zeug an, wie du sehen kannst, und der gute alte Leonard ist für seine Prompterei ausstaffiert. Wir sind also bereit loszulegen, sobald ...

A. P. *(die Katastrophe ahnend)* Sobald was? Was ist schiefgegangen? Sagt es mir!

(Absolutes Chaos, da alle versuchen, auf einmal zu reden)

EDWIN *(schreit)* RUHE!

(Schweigen)

A. P. *(gepreßt)* Sag's mit doch, Edwin – bitte!

EDWIN Es ist nur – na ja, ich kann ja auch gleich sagen, wie es ist – die Löwenkostüme sind noch nicht angekommen.

A. P. Was?! Nicht angekommen? Sie müssen doch ...

THYNN Mutter hat nicht ...

A. P. Mutter hat nicht was? Sagt mir's doch!

(Noch mehr allgemeines Chaos)

EDWIN RUHE!!

(Schweigen)

A. P. Nun?

EDWIN Mrs. Thynn ist noch nicht mit den Löwenkostümen da. Wir haben gewartet und gewartet und gedacht, sie würde jeden Moment erscheinen, aber – na ja, ich weiß einfach nicht . . .

A. P. Aber . . .

THYNN Sie ist heute morgen in die Stadt gegangen und wollte ein bißchen einkaufen und die Kostüme abholen und so, und sie hat gesagt, wir sehen uns heute abend hier im Saal. Ich weiß nicht, wo sie ist! Ich weiß nicht, was mit ihr passiert ist! Ich weiß nicht . . .

GLORIA *(von ihrer besten Seite)* In Ordnung, Leonard, beruhige dich doch. Wird ja alles gut werden. Komm zu Tantchen Glorilein . . .

CHARLES Vernon wartet einfach irgendwie ein Stück weit . . .

EDWIN Ich habe Vernon rausgeschickt, damit er an der Hintertür lauert und uns Mitteilung machen kann, *falls* – ich meine – *wenn* sie erscheint.

A. P. *(in wilder Panik)* Aber es sind nur noch ein paar Minuten, bis wir dran sind! Was machen wir ohne Löwen? Wir können doch das Stück nicht aufführen, wenn . . .

(Geräusch einer Tür, die aufgestoßen wird)

VERNON Sie kommt!

(Ausrufe der Erleichterung und Erregung)

GERALD Und was ist mit den Kostümen, Vernon?

VERNON Sie hat ein Bündel unterm Arm. Das müssen sie sein.

A. P. Gott sei Dank! Willst du, daß ich hierbleibe und . . .

EDWIN *(schiebt mich raus)* Nein, nein, wir schaffen das schon. Du gehst raus und sitzt da vorn. Wir kriegen das auf die Reihe. Los, mach schon! Entspann dich und genieße die Vorstellung!

A. P. Gut, wenn du sicher . . .

EDWIN Ganz sicher!

A. P. *(an der Tür)* Gut, dann also, viel Glück ihr alle! Viel Glück beim Soufflieren, Leonard – und beim Aufnehmen.

THYNN Klaro! Ich mach' es jetzt aus, um auf Nummer Sicher zu gehn, daß genug Band übrig ist, um die richtige ...

(Klick! als Leonard den Apparat ausmacht)

Ich kann kaum die Erleichterung schildern, die sich verspürte, als ich an meinen Platz zurückkehrte und Anne erzählte, was passiert war.

„Denk' bloß mal!" sagte ich. „Nach all der Arbeit – und wie nahe wir an der Katastrophe vorbeigeschrammt sind."

„Ja, mein Schatz", antwortete sie, während sie mir einen Becher kalten Tee reichte. „Ich bin sicher, jetzt wird es klappen. Wahnsinnig spannend, nicht wahr? All die Leute, die zuschauen!"

Es *war* spannend. Als die Leute begannen, auf ihre Plätze zurückzukehren, hatte ich vor Aufregung eine Gänsehaut. Als das Publikum bis auf einen oder zwei Platz genommen hatte, erschien plötzlich Richard Cook durch die Tür, die ich zugemacht hatte, huschte zu mir, kniete neben meinem Platz nieder und flüsterte mit großer Dringlichkeit in mein Ohr.

„Edwin hat mich geschickt, um zu sagen, daß Mrs. Thynn die Kostüme gebracht hat!"

„Das wußte ich schon", zischte ich zurück. „Du hättest nicht extra kommen müssen, um mir das zu sagen."

„Ja, aber sie hat nicht die richtigen Kostüme gebracht!"

„Na schön, aber es ist zu spät, um sich darüber den Kopf zu zerbrechen. Leoparden, Tiger, was immer es ist, ihr müßt einfach loslegen."

„Aber du verstehst nicht! Percy und Gerald sind bereits auf der Bühne hinter dem Vorhang, und sie wissen nicht, daß die Kostüme ..."

„Richard, die Lichter gehen aus. Mr. Lamberton-Pickney wird unser Stück jeden Moment ansagen! Sie müssen einfach anfangen, verstanden?"

„Ja, aber ..."

„Zu spät, um sich um so was zu kümmern, Richard!"

„Aber ...

„Pscht!“

Als Richard gramgebeugt der Verbindungstür entgegenschlurchte, verdimmte die Saalbeleuchtung endgültig, und Mr. Lamberton-Pickneys todtrauriges Pferdegesicht wurde von einem Spotlight angestrahlt, das in der Mitte der Bühne auf den Vorhang fiel. In hundeelendem, gemessenem Tonfall pries er die Darbietungen der ersten Halbzeit und sagte das erste Stück der zweiten Halbzeit an.

„Meine Damen und Herren – Daniel in der Grube!“ Als sich der Vorhang hob, um Percy zu zeigen, der majestätisch mitten auf der Bühne stand, verspürte ich einen Anflug von Stolz und Zufriedenheit. Er machte zwei Schritte nach vorn, bewegte sich einen oder zwei Meter nach rechts, nahm das Publikum in den Blick und sprach in klangvollem Tonfall. Mittlerweile hatte Leonard das Aufnahmegerät in Position gebracht, so daß der Rest der Aufführung für die Nachwelt erhalten bleibt.

(Geräusch von Percys Füßen, als er sich nach rechts bewegt)

PERCY Ich Herrscher bin beherrscht von denen, die nicht rasten,
Vor Eifersucht und Gier nach Ehrenposten.
Sie sind wie Löwen – nicht aus Hungerschmerzen,
Nein, Habsucht, Machtsucht wohnt in ihren Herzen.
Welch dunkle Stunde, als ich dies Gesetz erließ,
Das meinen treuen Diener ins Verderben stieß.
Verblendet ließ ich mich betrügen,
Sah nur auf meine Größe, sah nicht ihre Lügen.
O Gott des Daniel, beschütze Deinen Sohn,
Laß das Gesetz nicht siegen, den Gerechten schon'!
Kein Schlaf für mich, kein Friede, keine Ruh',
Ich opferte den Besten und ließ das intrigante Spiel der Schlimmsten zu.

GERALD *(Auftritt von links)*
Schmerz ist schärfer als Bedauern,

Tod hält länger an als Reue,
Heute wird Darius trauern.
Morgen lebt vergessend er aufs neue.
Daniel blickt angstvoll auf sein Sterben,
Unter ihm, gleichgültig, tobt die dunkle Flut.
Flut . . . ääh . . .

THYNN *(souffliert perfekt)*
Flut der Furcht will . . .

GERALD Flut der Furcht will ihn verderben,
Noch bevor der Tod ihn wirklich frißt mit Fleisch und Blut.

Es war großartig! Die Eröffnungsreden waren hervorragend über die Bühne gegangen, abgesehen von Geralds Gedächtnispatzer, der dank Thynn kaum bemerkt wurde. Nun war es an der Zeit für Williams erste Gelegenheit, seine geliebte Rauchmaschine einzusetzen. Und er setzte sie wahrlich ein! Meinem ständigen Flehen um Selbstbescheidung zum Trotz war die Bühne innerhalb von zwei Minuten vollständig von dickem, undurchdringlichem, gelbem Rauch geschwängert. Percy und Gerald, den Rücken zum Publikum, spähten hoffnungslos in den wabernden Nebel und warteten auf das Erscheinen der Löwen. Der Augenblick, als sich der Nebel lichtete und drei riesige Enten von der Hinterbühne nach vorn gewatschelt kamen, wird in meinem Gedächtnis haftenbleiben bis zum Tag, an dem ich sterbe. Percy war völlig perplex. Von meinem Platz aus, der sich an der Außenseite einer Sitzreihe befand, konnte ich sehen, wie seine Kinnlade schlaff nach unten hing und seine Augen weit aufgerissen auf das absurd kostümierte Trio starrten, das wirkte wie Tick, Trick und Track nach einem spätpubertären Wachstumsschub und sich redlich mühte, schrekkenerregend auszusehen. Eine leichte Welle von Glucksern pflanzte sich durch die Zuschauerreihen fort, als die Enten erstmals in Erscheinung traten, und wuchs sich zu hemmungslos schallendem Gelächter aus, als sie begannen, leise zu knurren.

Gerald fing sich als erster. Er drehte sich zum Publikum um, faßte sich und lieferte die folgende Stegreif-Variante seiner zweiten Rede ab:

GERALD In der Grube, angefüllt mit Knochen und Gebein,
Wo die Enten quaken und verlorne Menschen schrein,
Wo der Mensch, der glaubt, sein Leben sei sein Gott,
Beide: sich und Gott, verliert im Schnabel grauser Todesnot,

(Lachsalven)

Wo den Zweifler all sein Mut verließ,
Wenn er verblich im Würgegriff des Federviehs.

(Lachexplosionen)

THYNN *(hörbar für das Mikrophon, nicht aber für das Publikum)* Das ist nicht, was hier steht!

PERCY *(wieder bei sich und ganz das alte Schlachtschiff)*
O Daniel, erlöse mich aus meiner Sinne Wahn!
Und fleh' zu deinem Gott, daß er mich gnädig sehe an,
Und einen Regen der Vergebung sendet,
Daß der Geflügelspuk im Orkus endet.

ELSIE *(tritt von links auf und erfaßt die Spielregeln im Nu)*
Du, Meister, batest mich zu warten, um zu sehen
Und dir zu melden, was mit Daniel geschehen.
Gerade warf man ihn im Teich den Enten vor,
kein Laut – mal abgesehn von dem Geschnatter – traf mein Ohr.

PERCY Gott, errette deinen Diener! Denn so lecker ist er nicht. Sie sind doch Vegetarier, die Quäker!

THYNN *(lauter)* Das ist nicht, was dasteht! *(wandelt geistesabwesend auf die Bühne hinaus, wobei er angestrengt sein Skript studiert)* Das ist nicht, was dasteht, Percy! Da steht nichts von Enten!

(Hemmungsloses Prusten des Publikums, als es jemanden in der Uniform eines französischen Kolonialoffiziers aus dem 19. Jahrhundert sinnlos zwischen den Enten auf der Bühne herumwandern sieht)

STENNETH *(gedämpft durch den Entenkopf blökend)* Sie hat die falschen Kostüme gebracht, Leonard! Sie hat Enten gebracht.

GERALD *(drängelt sich zwischen STENNETH TICK DUCK und THYNN durch, um das Publikum anzureden)*
Dies ist der Moment, der Test,
Daß Seinen Diener Jahwe nicht verläßt.
Gramumflort steht Daniel hier
Vor den Wasservögeln, mördrischem Getier.
Und doch bereit, mit schlichtem Staunen
Entleibt zu werden in Eiderdaunen.

(Lautes Löwengebrüll aus den Lautsprechern, als das „Phantom“

Williams Band anschaltet. Publikum bricht abermals quietschend zusammen, als die Enten auf- und niederwippen und die Schnäbel synchron zu den Brüllern auf und zu machen)

THYNN *(wie ein wildgewordener Handfeger mitten auf der Bühne herumfuchtelnd)* Ihr seid alle auf'm falschen Dampfer! Da kommen überhaupt keine Enten drin vor!

EDWIN *(Auftritt von links)* Mag mir Mut auch sein vonnöten:
Enten wag' ich in den Weg zu treten!
Will die Bestien in Stücke hauen,
Laß vor altersschwachen Vögeln mir nicht grauen.

THYNN *(sehr indigniert)* Das ist *vollkommen* falsch.

MRS. F. *(Auftritt von rechts mit sehr gefaßtem, strengem Blick. Berührt nacheinander jede der Enten mit der Hand am Kopf)*
Killervögel – sanft wie Tauben
Liegen sie und rührn sich nicht.
Schlaf auch du in gutem Glauben
Und tritt morgen vor des Königs Angesicht.

(MRS. FLUSHPOOLs Gesicht verzaubert sich urplötzlich in ein wirkliches und wahrhaftiges Lächeln, und dann lacht sie los und lacht und lacht, bis ihr die Tränen kommen)

THYNN *(stützt den Arm auf VERNON DUCKs Schulter auf)*
Das ist aber jetzt *wirklich* falsch.

GERALD Wollt ihr was zähln, ihr Mächtigen,
Baut nicht auf eigenes Geschick!
'ne Ente ist, wenn ihr auf Gott nicht zählt,
Die Mär' von eurer Macht und eurem Glück.

THYNN Das ist nicht . . .

GERALD Und jetzt kommt, alle!

(Gerald bringt alle, die auf der Bühne sind, in eine Chorreihe, und führt sie beim Schlußgesang an)

ALLE: Auf die Knie, Daniel Brown!

Auf die Knie, Daniel Brown!
Auf die Knie! Auf die Knie!
Los schon alle, auf die Knie!
Auf die Knie, Daniel Brown! Olé!

THYNN Bei den Proben haben wir das nie gesungen ...

An dieser Stelle beschloß das Phantom der Oper, das ja wußte, daß es irgendwann im Verlauf der Handlung die Bühne zur Gänze in Dunkel hüllen sollte, daß der jetzige Zeitpunkt genauso gut wie jeder andere wäre. Wer will es ihm verdenken?

Als die Lichter wieder angingen, erhielt die Truppe von „Daniel in der Entengrube“ die ersten stehenden Ovationen, deren Zeuge dieses Gebäude jemals gewesen ist. Die Leute jubelten und klatschten und trampelten gut drei bis vier Minuten lang, während ihnen die Akteure zuwinkten, Kußhände zuwarfen und sich genußvoll und übertrieben verbeugten. Thynn schob sein Bedürfnis auf, ein paar grundlegende Dinge von dem zu verstehen, was soeben passiert war, und winkte und verbeugte sich mit den anderen, wobei sich ein einfältiges, aber glückliches Lächeln von einem seiner Ohren bis zum anderen zog.

Mir taten die Leute in den drei Stücken leid, die nach uns drankamen. Zwei davon waren ganz gut, aber es gab keinen Zweifel – nichts konnte an diesem bemerkenswerten Abend die Erscheinung der drei Enten inmitten von Williams Rauchwolke schlagen. Ich denke, ich habe während der Aufführung des „Daniel“ jede Emotion durchlebt, derer ein Mensch fähig ist, und als ich in den Applaus für die letzte Darbietung des Abends einfiel, fühlte ich mich ziemlich erschöpft. Dennoch sollten noch vier weitere bemerkenswerte Dinge geschehen, bevor wir nach Hause aufbrachen.

Zunächst verkündete Mr. Lamberton-Pickney unmittelbar nach Beendigung des letzten Stückes, daß die überwältigende und einstimmige Entscheidung der Preisrichter lautete, daß „Daniel in der Grube“ der Sieger war, und ich wurde auf die

Bühne gerufen, um dort im Namen unserer Gemeinde einen kleinen Silberpokal für eine „vergnügliche und gekonnt gemachte Komödie" entgegenzunehmen. Ich fühlte mich schrecklich schuldig und versuchte, Mr. Lamberton-Pickney und dem Publikum zu erklären, daß unser Stück eigentlich ernst gemeint und nur zufällig lustig geraten war. Je mehr ich jedoch zu erklären versuchte, desto mehr meinten sie offensichtlich, ich sei wahnsinnig witzig. Sie lachten und klatschten. Am Ende gab ich auf und entschloß mich, es irgendwann später den Verantwortlichen zu erklären, wer immer das sein mochte.

Als nächstes schob mich Anne, die seit dem ersten Auftritt der Enten vor Lachen fast gestorben wäre, zielstrebig durch die Massen herumhängender Theaterbesucher hindurch dahin, wo eine kleine alte Dame neben Leonard saß, der noch immer die Uniform trug und Mr. Major umklammerte. Die beiden plauderten miteinander wie verrückt.

„Miß Glanthorpe", flüsterte mir Anne ins Ohr. „Eine kleine Überraschung, die ich organisiert habe. Habe sie im Telefonbuch gefunden. Sie ist 82!"

Ich sah Anne einen Augenblick lang an und rückte dann näher zu den beiden hin, um sie zu belauschen.

„Du warst einfach absolut hinreißend, Leonard", sagte Miß Glanthorpe gerade, und ihre Augen blinkten, während sie die weißgekleidete Gestalt musterte.

Leonard strahlte wie ein Weihnachtsbaum.

„Ich verstehe allerdings nicht ganz", fuhr die alte Dame fort, „was diese glanzvolle Uniform bedeutet, und ich habe mich soeben gefragt, was es wohl mit der großen Porzellangiraffe auf sich hat, die du auf den Knien hältst..."

„Och, das läßt sich ganz leicht erklären", sagte Leonard wohlgemut. „Ich habe die Uniform getragen, weil ich der Prompter war, und ich sollte außer Sichtweite bleiben, damit mich die Giraffe nicht bemerkt, wenn Percy Brain seinen Text vergißt."

„Ich verstehe, mein Lieber. Wie dumm von mir, so beschränkt zu sein." Die kleinen Augen blinkten noch mehr. „Weißt du was, Leonard ...?"

„Ja, Miß Glanthorpe?"

„Du hast dich überhaupt nicht geändert ..."

Das dritte war, daß wir auf dem Rückweg hinter die Bühne beinahe mit unserem Nachbarn Frank Braddock zusammenprallten, dem Autor des Stückes, das wir soeben bis zur Unkenntlichkeit verstümmelt hatten. Er war mit seinem alten Freund Pater John zusammen, der gelegentlich als sehr willkommener Gastprediger in unsere Gemeinde kommt.

„Frank", sagte ich entschuldigend, „ich weiß nicht, was ich sagen soll. Es tut ..."

„Keine Entschuldigung!" dröhnte Frank und nahm die noch nicht entzündete Pfeife aus dem Mund. „Ich habe gerade zu dem alten Stinktier hier gesagt, daß ich seit Jahren nichts mehr so genossen habe. Der Augenblick, als der olle Thynn mit seiner Uniform auf der Bühne rumzulaufen begann – ich weiß nicht, ich hätte sterben können! Meine Version war wesentlich langweiliger als Ihre!

„Es ist nett, daß Sie das sagen, Frank", erwiderte ich dankbar, „aber das war nicht unbedingt das, was ich vorhatte. Der erste Preis war rein zufällig. Ich kann diesen ganzen Abend eigentlich nicht als Erfolg sehen, nicht richtig jedenfalls."

„Kein Erfolg?" unterbrach Pater John sanft. „Adrian, ich habe Victoria Flushpool noch nie so gesehen, wie sie heute abend auf der Bühne war. Ihre Augen strahlten, sie hat gelacht, und sie hat zu euch anderen dazugehört. Sie ist anders geworden. Ich würde mich nicht wundern, wenn die Erfahrung, sich bei solch einer echten gemeinsamen Aufgabe aneinander aufzureiben, euch alle so oder so verändert hat. Es kommt einfach darauf an, von wessen Erfolg du redest, weißt du. Manchmal denke ich, Fußballmannschaften und Theatergruppen sind vielleicht genauso wichtig wie Gebetstreffen und Bibelstunden ..."

„Jetzt komm, Stinker!" Frank klopfte seinem Freund auf den Rücken. „Genug des Tiefsinns! Wir haben gerade noch Zeit für ein Helles, wenn wir uns beeilen ..."

Die vierte und letzte Sache ereignete sich, als ich die Mannschaft von „Daniel in der Grube“ in der Garderobe hinter der Bühne vorfand. Thynn folgte Anne und mir durch die Tür, als wir hineingingen, stellte sich an die Wand und knuddelte seine Giraffe. Alle Gespräche erstarben, sobald ich erschien, und alle starrten mich an und warteten, was ich sagen würde. Ich dachte an das, was Pater John gesagt hatte, als ich in die vertrauten Gesichter sah. Vernon und Charles, ernst wie eh und je, hatten kleine Runzeln auf der Stirn unter dem Ansatz ihres Haares, das von den engen Kostümen noch ganz zusammengeklitscht war. Victoria und Stenneth saßen enger beisammen als sonst – irgendwie schienen sie leichter zu sein. Gerald sah aus wie immer, lehnte am Heizlüfter und schenkte mir ein kleines, rätselhaftes Lächeln. Ich merkte plötzlich, wie erwachsen er wird. Richard saß auf einem alten, kaputten Roßhaar-Sofa, eng zwischen Gloria auf der einen und Norma auf der anderen Seite eingekeilt. William und Elsie saßen im Schneidersitz auf dem Boden und blickten zu mir auf. Sie sahen noch jünger aus als sonst. Percy saß im einzigen Sessel, hatte die Beine stilvoll gekreuzt, das Haupt zurückgeworfen und musterte mich mit großen Augen. Mrs. Thynn war emsig mit irgendeinem Stoffetzen beschäftigt, den sie zwischen den Fingern hielt. Ihre Augen schossen alle paar Sekunden zu mir hin nach oben. Edwin stand am Fenster und sah so gelassen aus wie immer. Anne stand sehr leise neben mir. Da war noch jemand anders unter uns, direkt in unserer Mitte, derjenige, der entscheidet, was wirklich Erfolg ist.

„Diese Enten!" sagte ich, und im selben Moment prusteten wir alle miteinander hemmungslos los.

Adrian Plass

Tagebuch eines frommen Chaoten

Pb., 160 S., mit Zeichnungen und Lesezeichen.
ISBN 3-87067-391-5

Ein liebenswertes, rotzfreches, maßlos übertreibendes, rabenschwarzhumoriges Tagebuch eines frommen Chaoten? Oder doch eher ein zwischen den Zeilen versteckter geistlicher Ratgeber mit Tiefgang?

Andromedas Briefe

Pb., 176 S., mit Zeichnungen und Lesezeichen.
ISBN 3-87067-445-8

Die achtjährige Jungfeministin hat sich bei dem Versuch, gleichzeitig Müsli zu essen und Rollschuh zu laufen, ein Bein gebrochen. Nun hält diese Göre vom Krankenlager aus Gott, die Welt und die Kirchengemeinde des frommen Chaoten in Trab.

Ansichten aus Wolkenkuckucksheim

Pb., 192 S., mit Zeichnungen und Lesezeichen.
ISBN 3-87067-475-X

Wer hat sie noch niemals sehnsüchtig angestarrt, die bunten wabbeligen Springburgen, Luftkissen oder Trampoline?
Wer es wagt zu springen, kann die Dinge des Lebens (insbesondere des Christenlebens) aus einem anderen Blickwinkel betrachten. So beschreibt Adrian das Auf und Ab des Christen, das (wie auf der unberechenbaren Springburg) zu größten Teilen aus dem Sichwiederaufrappeln besteht . . .

Brendow Buch Kunst Verlag

Adrian Plass

Die steile Himmelsleiter

Pb., 220 S., mit Lesezeichen. ISBN 3-87067-462-8

Adrian Plass erzählt seine eigene Lebensgeschichte mit unwiderstehlichem Humor und entwaffnender Ehrlichkeit. Er tröstet und ermutigt den Leser, nach einem authentischen Christentum aus »erster Hand« zu fragen.

Ein Außerirdischer im Kirchenschiff

Pb., 178 S., mit Lesezeichen. ISBN 3-87067-511-X

Eine himmlische Begegnung der dritten Art haben der Pfarrer und die treuen Glieder der Gemeinde von St. Wilfred's, als sie in ihrer Kirche einen Außerirdischen vorfinden. Vier Augenzeugenberichte verraten, was dieser Besuch sonst noch für Turbulenzen mit sich brachte.

Lothar Simmank (HRSG.)

Väter sind die besseren Mütter

Unernste Geschichten über väterliche Erziehungsversuche

Pb., 72 S., mit Lesezeichen. ISBN 3-87067-522-5

Familienerprobte »Männer der Feder« wie Albrecht Gralle, Andreas Malessa, Christoph Zehendner u. a. liefern schlagkräftige Belege für gereifte Vaterschaft der neuen Art. Die Schilderungen verlassen nie die Ebene der Realität – höchstens ein kleines bißchen . . .